西巷説百物語〈下〉

にしのこうせつひゃくものがたり

京極夏彦

西巷説百物語

〈下〉

目錄

溝出

一貧者歿
村人無計，入箱籠棄之
骨皮自分離
白骨破箱籠出
狂舞忘形

——繪本百物語・桃山人夜話卷第二／第十八

【壹】

他引以為傲。

即便別人都說他是惡鬼、蛇蠍，寬三郎仍舊引以為傲。

他並非大膽，也非殘忍。

並不無情，也不冷酷。

但世人應該就是這麼看他的。

無所謂。結果才能有今天。他不後悔，不躊躇，也不想變卦。

十年了，作造說。

「這不是個好機會嗎？剛好又是個整數，就、呃——」

「就怎麼樣？」

「所以就是——」

「祭拜嗎？辦法事嗎？都過了十年才來搞這些嗎？荒唐。」

「什麼荒唐——」

作造說著，雙眉下垂，一張臉幾乎要哭了出來。

「怎麼這麼說話呢？老爺。」

「不就是嗎？我倒想問問你，你說的那法事什麼的，是要做什麼？」

「還什麼，當然是祭拜啊。」

「所以我是問，那祭拜是要做啥？」

「祭拜就是祭拜囉。就是，建個五輪塔（註1）還是墓碑什麼的，然後——」

叫和尚來誦經嗎？寬三郎厭惡地說。

「然後怎樣？請和尚大吃一頓，大夥一起喝酒吃麻糬，這樣又能如何？和尚倒舒服了，嘰嘰咕咕胡念一通，就有得吃有得喝，還有一大筆布施好拿，心滿意足。不用半點本錢。可是啊，出錢的咱們又怎麼樣？管它是五輪塔還是卒塔婆（註2），樣樣都要花錢。光是清理那塊荒地，就是項大差事。還得搭棚子什麼的吧？準備也得花時間，還要人力。那人力要從哪兒來？這年頭，有哪個傻子願意不求回報替你勞動？還是要村裡的人丟下山裡跟田裡的活，叫他們去弄？放任農地枯死，也不伐木，是要等著餓死嗎？為死人費工夫，搞得連活人都不能活，你說說，這是什麼道理？」

何必爆豆子似地這樣反駁嘛——作造嗚咽著說。

「老爺說的確實沒錯，可是——」

「可是什麼？」

「這是心意的問題啊。住在美曾我五村的大夥的、呃——」

「所以就是心意的問題啊。」

「是的。」

那心意到了，不就夠了嗎？寬三郎說。

「心意這回事啊，作造，是需要花錢的嗎？只要在肚子裡、心裡頭惦念著，那不就夠了嗎？日復一日，在內心合掌膜拜，祈求亡魂超渡，我覺得這才重要。這麼一來，故人也才能瞑目不是嗎？就算蓋那什麼鬼玩意兒，讓和尚大撈一筆，死人也不會開心。」

追根究柢。

祭拜應該是各家自己要做的。

不，事實上大夥不就在做了嗎？死人的數目只會多，不會少。五座村子裡就只有一家檀那寺**（註3）**，住持應該也忙得不可開交。

雖然村人皆家境清貧，布施的金額亦可想而知——但這也是沒法子的事啊。僧侶又不是商人，寺院可不是為了賺錢而存在的。

寬三郎這麼說，結果作造垂下頭去了。

「怎麼了？你不服氣嗎？」

註1：五輪塔為源自於密教的供養塔，在日本鎌倉時期後被用來做為墓標。

註2：卒塔婆是日本習俗中立於墓地的細長板子，裁切為塔狀，上記經文等，用以供養、祈福。

註3：檀那寺也稱菩提寺，指一個家族皈依及墓地所在的寺院。

「不服氣？老爺，這是絕沒有的事。不是這樣的，只是——」

到底是怎麼了？寬三郎問，結果作造回答說「很可怕」。

「可怕？」

「就是山裡頭的那塊土地。」

「唔，那裡十年來從未整理，一片荒蕪，確實有些可怕。雜草芒草叢生，視野也很糟。不過那裡在變成那樣之前，本來就是沒人要去的地方啊。土壤貧瘠，沒法引水，日照不佳，交通亦不方便，根本沒人要靠近。」

是塊無用的土地。

是，作造敬畏地說。

「沒有半個人會去。」

「那不就得了嗎？」

「不是的。那個地方，呃——」

——有東西。

作造蹙眉說。

「有東西？有什麼東西？山賊嗎？那裡可沒偏僻到有出賊出沒。雖然在村郊，又靠山，但還算是在鄉里裡頭。再說，那裡也沒有幹道經過，即便在那裡埋伏，也等不到半個行人。你不是說沒有人會去嗎？待在那種地方，山賊都要餓死了。」

「要是山賊，還可以叫官差什麼的去捕。不是山賊，那裡出現的——」

——是冤魂啊。

「什麼？」

「呃，就是——」

幽靈——作造小聲再說了一次。

「幽靈？你是說戲裡出現的那玩意嗎？怎麼又說起這種可笑的話來？這是在開玩笑？」

太荒謬了。

寬三郎真心這麼想。

「這不是玩笑。」

「那就是在胡扯。鬼扯淡。哪來的那種鬼東西？」

這裡，作造說。

「就在這裡，這座村子的村郊，那片荼毘原（註4）。」

荼毘原——

以前那地方不叫這名字。原本根本沒有名字。自從那之後——十年前那件事以來，人們開始這麼叫它。

註4：荼毘即佛教語中的火葬。

「所以到底有什麼？穿壽衣的死人垂著雙手站在那兒嗎？太荒唐了。聽著，在那裡燒掉的死人，沒有半個穿著壽衣，是要怎麼出來作祟？」

「所以才會作祟啊。」

「為什麼？」

「因為沒有好好地安葬，所以他們也沒法好好地上路，不是嗎？」

無法前往西方淨土——

「死人就該按著規矩，好好地安葬才成——啊，庵德寺的和尚這樣說，我也這麼想。畢竟那可不是一兩個人而已。」

「按著規矩？什麼規矩？」

「就是，呃，沒有臨終水、沒有壽衣、沒有供品、也沒有誦經，什麼都沒有。連棺材都沒有不是嗎？就連三途川（註5）的過河錢——不，簡而言之，就是得為他們辦個葬禮才行。」

為什麼——

人都死了，還非給錢不可？

「你只是被那和尚給矇了。辦葬禮，開心的只有和尚而已。死人就算聽到那種花和尚誦經，也不可能開心。再說，除了那——」

那慘絕人寰。

「——那樣的做法之外，還能怎麼祭弔？如果我沒那麼做，不就只能全扔著不管了嗎？任憑腐爛。不，一定連你都已經死了，作造。如果你死了，會出來作祟嗎？你會陰魂不散，對把你剝個精光、把你燒掉的我作祟嗎？」

絕不會的事，作造舉手制止。

「全多虧了老爺，咱們這五村——不，這整個藩國才撿回了一條命。這是每個人心裡頭都再明白不過的事。但這跟那——」

是同一碼子事，寬三郎說。

「你這就是在指責我祭弔得不對，他們才會陰魂不散。都十個年頭了，這時再來埋怨，當時怎麼不說？不，與其事後才來挑骨頭，當時你們就該自己去做。忘恩負義的渾帳！」

沒錯。

所有的殘局——全是寬三郎收拾的。他幾乎是一個人扛下了一切。

他拉著大板車，不曉得來回了多少趟。在那片鬼哭神號的地獄之中，寬三郎付出了多大的心力？官員和村人全都袖手旁觀，置身事外，武士和和尚也只會掩鼻蹙眉。至於鄉里的人，則只是恐懼地顫抖。有身分的人，連靠近都不願意。

骷髏。

註5：三途川為源自於《地藏十王經》的日本信仰。此河分隔陰間與陽世，必須付給船夫六文錢，才能渡河，故形成日本葬禮儀式中，讓死者帶上六文錢的習俗。

汙穢。

駭人。

死於疫病的屍首，

根本無人願意收拾。

不，不是那樣的，作造說。

「所有的村人都很感謝寬三郎老爺。即便過了十年，還是一樣感激不盡。大夥都要膜拜老爺，沒有一個人敢把腳對著老爺入睡。再怎麼說，應該要讓大夥依靠的庄屋（註6）——居然頭一個開溜了。」

只有老爺，作造說。

「只有老爺為我們設身處地，真正是捨身捨命，救了這五個村子。對這樣一個大恩人，怎麼可能有人敢有怨言？大夥都很清楚，沒有老爺，就沒有今天。這是真心話。所以我才會頭一個就來找老爺商量啊。」

「頭一個？——騙人的吧？」

我怎麼可能騙老爺？作造哽咽地說。但謊言就是謊言。想都不必想。

作造是竹森村的組頭（註7）。

既然他前來陳情，宣稱是五村的公意，那麼應該已經先商議過了。

「你來找我之前，你們各村的組頭自己先商議過了吧？」

「那是，唔——」

「噯，這也就罷了。然後——哈哈，我知道了，只是去找那個窩囊的庄屋之前，先來找我罷了吧。所謂的頭一個，就是這意思吧？」

「是。庄屋呃、那個——」

「他是個廢物。連收個年貢都能搞得怨聲載道，頂多只有寫通行證（註8）的用處而已。」

再說。

庄屋又右衛門——那個毛頭小子，說穿了也跟他父親一樣，和官差狼狽為奸。不過庄屋領的是領主的薪餉，本來就是官府的走狗。既然身負宗派人口審查（註9）的任務，跟檀那寺也是串通一氣。

跟武士和和尚勾結的傢伙——

不能相信。

是，作造恭敬地應著。

註6：近似村長職。西日本多稱「庄屋」，東日本多稱「名主」。

註7：組頭為江戸時代輔佐庄屋的農民，相當於長老、顧問職。

註8：江戸時代有嚴格的戸口制度，限制人口流動，於各地設有關卡，需要前往外地時，需持有當地公家機關發行的通行證。

註9：原文作「宗門人別改」，為江戸時代與基督教禁教政策相結合的戸籍普查制度。每年由各村製作名簿，每人明載其所屬檀那寺，以證明非基督徒。

「村子外頭姑且不論，但這是村裡頭的事。既然是村裡頭的事，除非寬三郎老爺說好，任何事情都更動不得，就算庄屋說什麼也照樣不行。所以，小的做為五村的總代表，來向老爺這位美曾我五村之首——」

這些廢話就甭說了，寬三郎說。

「別管那種毛頭小子了。我說啊，作造，依我看，你們那組頭會議，那庵德寺的和尚也出席了是吧？」

「這——」

和尚出席了。錯不了。

「他也在場是吧？」

作造點點頭。

「這樣。那你們就是在那會上，被那個和尚給唬弄過去了。」

「唬弄——」

老爺真的很討厭住持呢，作造說。

「他是個人渣。」

「住持是個好人啊。我想他應該沒有老爺說的壞念頭。」

「我討厭和尚。除了汗流浹背、渾身泥巴地拚命工作，總算掙得一口飯吃的人——我全都不信任。」

寬三郎真心認為和尚無法信任。

不耕種、不飼養，也不製作、生產任何東西，卻能悠哉過日子，這實在天理不容。耕種，就會沾滿泥土；飼養牲畜，就會全身屎尿。要製作東西，就得破壞別的東西；而要生產出什麼，就必須有所失去。

他認為這個世界就是如此、應當要如此。

但武士和僧侶卻不是這樣。

他們什麼都不製作、什麼都不生產，甚至不事買賣，只知道竊取。極盡竊取之能事，卻又盛氣凌人。

寬三郎痛恨武士和僧侶。

這我懂，作造說。

「噯，像小的，是只能勉強溫飽的莊稼漢。成天汗流浹背，在泥巴裡打滾，靠這樣活下來。大夥兒都是。」

「就是啊。」

「可是老爺，這——可不是在說要讓和尚白賺一筆，而是勉強溫飽的村人、相信老爺的人們，正身陷惶惑、害怕之中啊。」

「惶惑——？只是和尚嚇唬你們，說不祭拜，冤魂就會出來作祟罷了吧？」

「所以說，真的出現了。」

都聽到聲音了，作造說。

「聲音？聲音到處都是啊。這可是個小村子，三更半夜，連有人放響屁都聽得見。是哪家夫妻在吵架的聲音吧。」

「不是的。那聲音可怕極了，說著我恨、我恨。夜復一夜，從那處荼毘原——」

荼毘原。

「從那種地方傳來？」

離村子很遠。

那個地方，離五村任何一處都很遠。不可能聽到那種聲音。

所以才可怕啊，作造說，自個兒摟住自己的肩膀。

「一想起來就要發抖。」

「你是說，你也聽見了？」

「就——」

就算不想聽，還是會聽見啊，作造縮起身體。

真的在發抖。

「大概一個月前吧，有人提起這樣的事來。一開始好像是花里的人說的，可最初我也像老爺一樣，嗤之以鼻，說哪可能聽得到那種聲音，太荒唐了。可是——」

愈來愈廣，作造眼睛朝上看著寬四郎說。

「從花里到畑野，還有小的住的竹森。」

「什麼東西愈來愈廣？」

「說他們聽到的人。」

「我說啊，作造，美曾我的確是個小地方，但小歸小，可也有五座村子。村子跟村子之間也不相連。那聲音居然大到每座村子都能聽見嗎？那是怎樣？是像狼嗥之類的嗎？還是唐土的老虎？就算是狼嗥虎嘯，也不可能從村頭到村尾，每個角落都聽見吧？再說，要是聲音真的大成那樣，我住的地方應該也要聽見才對。告訴你，這屋子可也在花里，就在五座村子正中央。沒道理那一頭聽見了、另一頭也聽見了，就偏偏我這兒沒聽見吧？再說，就算我在這屋子裡敲鑼打鼓，你住的那地方也聽不見吧？」

「聽不見。」

「那麼，那是比銅鑼更響的聲音嗎？那聲音就像火警鐘，用傳遍五村的聲量哇哇大哭嗎？那幽靈是用那種大砲似的聲音嚎天喊地嗎？」

「不是的，那聲音隱隱約約，就像蚊子叫一樣。聲音就像這樣，在耳邊響起，說著：我恨，我恨，骨歸骨，皮歸皮——」

哈！寬三郎嘆氣。

「那是怎樣？被你這麼一說，豈不就像上門賣藝，討飯要錢的嗎？那聲音一一巡遍每一村每一戶嗎？挨家挨戶上門，在屋簷下哭哭啼啼嗎？」

「不是那樣的。」作造抬頭。

眼睛充血。

「這可是事實啊，老爺。耳邊忽然響起啜泣般的哭聲，納悶地轉頭一看，卻什麼人影也沒瞧見。但聲音還是繼續響著，自然會奇怪究竟是打哪來的對吧？於是循著聲音傳來的方向走去，卻沒瞧見任何人。聲音似乎是從屋外來的，便出門一看，結果那聲音──」

就像是從山的方向。

乘風而來。

「從山上──？」

「是。大夥都這麼說。然後那聲音，木山、竹森、花里、畑野、川田，五個村子的人都聽見了，大夥都對這可怕的流言議論紛紛。結果，離茶毘原最近的木山，有個膽大包天的傢伙叫傳兵衛，他為了查明聲音究竟是打哪來的，循著聲音不斷地走去，結果一路──」

走到了村郊。

來到山邊。

去到那處。

「那處茶、茶毘原去了。」

「所以才說聲音是茶毘原傳來的嗎？」

「不，就──」

就是在那兒，作造說。

「什麼東西在那兒？」

「喔，就是在那個、草叢還是芒草原的地方，總之背後是山，夜半沒有任何人影。就連白天也沒有。就在那裡，像這樣——」

一男。

一女。

「有兩個人。這兩個人就像這樣，幽幽地站著。」

「一男一女？」

「是。那晚沒有月光，地方又大得燈籠無法完全照亮，然而兩人卻像這樣，就好似全身塗了磷似地，朦朦地發著光。」

「只有兩個人嗎？」

「是兩個人。」

「那太奇怪了吧？我在那裡燒掉的——」

可是超過上百人。

燒掉了百具以上的屍體。

我用這雙手，燒掉了叔叔、嬸嬸、姪子、姪女、朋友，把他們燒到只剩下骨頭，全燒光了。

化身惡鬼燒光了。化身蛇蠍燒光了。不斷地燒，燒到連骨頭都焦黑，卻——

「只有兩個人？」

這樣啊？不，不可能。絕對不可能。世上不可能有。什麼幽靈、鬼魂的，世上沒那種東西。

因為我全都燒光了——

【貳】

十年前。

美曾我五村慘遭疫鬼侵襲。

美曾我鄉由木山、竹森、花里、畑野、川田五個聚落所構成，是所謂的山村。

最早出現病人的是木山。

木山是五村當中最靠近山邊的一處。

儘管開墾斜坡，種植了一些作物，但穩定的收穫極少，三十幾戶人家幾乎都仰賴伐木、砍柴等林業來維持生計。

先是一個叫六藏的老人家死了。

六藏整個人變得蒼白無血色，口吐白沫，發起高燒。

食不下嚥，吃了也立刻吐出來。

不久後，膚色轉黑，抽筋似地痙攣不止，三天後便斷氣了。

六藏是個七旬老人，已屆高齡，一開始村人皆以為是大限到了。

然而。

孩童接著倒下。而且不只一人，是八個。稚齡孩童皆出現了相同的症狀——陸續死去。

接著是女人病倒了。

這種病——

會傳染。

到了這地步，木山的村人才驚覺這個事實。

然後幾個人逃走了。不，應該是打算讓弱小的人避難。

他們將十名左右的老人和婦孺分別送到再下去些的竹森和川田，留下來的負責照顧病人。

然而。

就是這決定壞了。應該——就是這決定壞了。

竹森和川田也出現相同症狀的病人了。被——傳染了。

不僅如此，連最外圍的花里和畑野也有人感染，狀況登時變得嚴重起來。因為這下不得不認定，這是一場可怕的時疫了。

總管五村的大庄屋又兵衛急忙召集各聚落的組頭協商，首先限制與木山之間的往來，接著將各村的病人全部隔離到竹森，動員五座村子，設法挽救——然而為時已晚，狀況是日益惡化。

無計可施。

沒有大夫，也沒有藥物。

無從照護。

染病的人一個接著一個，想要治療也無從治起，村人接連不斷地死去。

狀況糟到不能再糟。

束手無策的又兵衛向代官所（註10）求助。

這是理所當然的做法。

然而據說前去求援的又兵衛反而遭到嚴厲的斥責。

疫病是攸關整個藩國——不，甚至會殃及鄰藩的大災難。倘若真有疫情發生，必須視為動搖天下的大危機，是國難。若是如此——

又兵衛報告得太遲了。

代官接獲消息，立刻通報領主。領主立即下達指示。

然而。

美曾我沒有大夫前來，甚至沒有藥物或糧食送進來。

領主下達的命令，是將美曾我五村完全封鎖。

孤立的五座小村——化成了地獄。

五村共計一百八十幾戶、四百多名的村人當中，已有超過五十人喪命；倖存下來的人，有三分之一以上、一百二十數人遭到病魔侵犯。未染病的亦奄奄一息。因為遭到封鎖的村子裡，沒有任何存糧。

就在這時。

寬三郎回來了。

那真是——

慘不忍睹，寬三郎說。

「請慢著。」

名叫林藏、容貌清秀的男子歪起細眉，打斷寬三郎的話。

「怎麼了？」

「不——那是時疫吧？是會傳染的。而且一旦染病就會沒命。就像是虎疫（註11）。」

「是啊。」

「而老爺居然回去那樣一個地方？」

「什麼回去那樣的地方，就是這兒啊。」

寬三郎應道，結果林藏聞言，雙手撐在榻榻米上，微微抬腰，左右張望。

「傻瓜，都十年前的事了。聽著，化成地獄的，不是別的地方，就是這座村子。我呢，是掌

註10：代官為江戶時代管理各藩直轄地行政及治安的地方官，代官所為其辦公處。

註11：即霍亂。

理這花里的組頭、甚至擔任過大庄屋的寬次的大兒子。唔——說是這麼說，但我從沒做過一天莊稼漢。我年紀輕輕就拋下這個家，跑去泉州投靠一名俠客（註12），在那裡生活了很久。就是所謂的賭徒、幫派分子。總之，」

是混江湖的，寬三郎說。

「你是大坂來的吧？那麼應該聽說過蓑借杉藏這名號吧？一般百姓應該也都知道。」

「蓑借——難道是指蓑借一家的老大？不，不是呢。我記得那兒的老大是——」

「現在是千藏對吧？杉藏老大是上代。他是個令人欽佩的俠義之士。我就是投靠那位杉藏老大。不過——老大在十年前亡故了。然後——噯，我也覺得差不多是時候該金盆洗手了。」

不對。

不是這樣。

杉藏死得太突然了。

寬三郎是遭到追殺而逃亡。

杉藏過世，蓑借一家亦隨之分裂。隆重的葬禮法事結束後，若頭（註13）萬吉與千藏展開了繼承權之爭。寬三郎支持萬吉一方。

然後落敗了。

萬吉被殺，身為萬吉左右手的寬三郎，

——逃之夭夭。

所以才會回到故鄉嗎？林藏說。

「唔，這我懂了，不過寬三郎老爺，這並非一般返鄉吧？呃，這裡——」

「路口被堵住了。村境被封鎖了。你也是從畑野的入口那兒進來的吧？那裡是美曾我的入口，除非經過那裡，否則無法前往其餘四村。那條路的路口用竹柵欄圍了起來，有小官吏杵在那兒守著。」

「那豈不是進不來了嗎？」

「我進來了。」

「是怎麼進來的？就像那闖關的人，把官吏給打倒闖進來嗎？」

並非如此。

那些沒膽的官差——只是杵在那裡。

豈止沒膽，膽都嚇破了。一定是害怕染病。不，別說染病了，他們站在那裡，只是為了阻止裡頭的人出來。至於有人要進去——不關他們的事。

肯定是這樣的。

註12：在日本，俠客是指以俠義為己任之人，多指江湖中人，隸屬於幫派。另，日本傳統幫派多會開設賭場做為營生，故幫派中人亦稱賭徒。

註13：日本黑幫組織中，僅次於組長的職位，被視為組長候補，多半不只一個。

「我一說我是這村子的人，那些低賤的武士，居然嚇得倒彈三尺。明明我又不是村子裡出來的。我說我要進去，他們便說隨便我。不過，裡頭想要出來的人——都被他們刺死了。」

「被刺死？」

「用長槍刺死。從竹柵欄外頭一槍刺下去。死了兩個人。真的很殘忍——看來他們怕死了。」

「怕裡頭的人嗎？」

不管是裡頭。

還是外頭。

「只要是跟這村子沾得上邊的，他們統統視為汙穢吧。看他們的表情，一副碰到就會死的樣子。又不是作祟，我覺得蠢斃了，不過他們就是怕吧。」

「老爺不怕嗎？」

不怕。

不是寬三郎膽大包天。

而是——他不要命了。

寬三郎。

我。

——真正膽小的是我。

沒法逃到底，也沒法爭到贏，不，大概連與人相爭都沒辦法，寬三郎想。

既然如此，就只能等著被宰。

寬三郎雖然性子火爆，身手卻不怎麼樣。腰間插了把長刀，但不愛隨便拔刀。即使拔刀，也只是唬唬人，一次也沒有真的砍過人。就算跟人互砍，寬三郎對劍術也一竅不通。幹架尋仇的時候，也都是學著旁人擺擺樣子，矇混過關。

周圍都認為他有著一身好武藝，實際上他也確實膂力過人，但碰上正牌武士，不可能拚得過。武器也是，比起長刀，斧頭、鋤頭使起來更順手多了。

他只是靠著虛張聲勢在混幫派罷了。

因此在繼承人之爭裡頭，他亦只是選了看起來比較強的一邊站。萬吉對他沒有任何恩義，不過如果萬吉獲勝，寬三郎起碼可以撈個若頭的位置坐坐。那樣一來——

不過。

萬吉兩三下就死了。

連葬禮也沒辦。萬吉的手下四散，寬三郎也跑了。

但他無處可去，也無人可以投靠。畢竟一直以來，寬三郎就像是把過去一刀兩斷。

因此這是無可奈何的事。但是。

與其被殺——

倒不如死在故鄉，他這麼想。

故鄉美曾我似乎正面臨大禍的傳聞，寬三郎亦有所耳聞。因此他才會回來。他覺得回來故鄉就能死了。然而。

寬三郎沒有死。

「我——以為可以死。不，我想要死。不過，想來我回到這裡時，疫病已經平息了。」

「是——這樣啊。」

「我沒有得病。可是，喏，沒有半點東西可以吃。不管是屋子裡頭還是外頭，到處都是屍體。而且時序已經來到初夏，屍體全腐爛了。蛆蟲一堆，蒼蠅聚集，臭得不得了。就算是倖存下來的人，也都虛弱到不行，而且無法離開村子。再健康的人，待在這裡也要得病。」

那情景——慘到無法形容。

腐臭、穢物、蒼蠅、蛆蟲、肉、汁、骨、無人祭弔的死者、活不下去的生者。

「教人毛骨悚然。慘絕人寰。我不知道還能怎麼形容。我一穿過村境，立刻覺得噁心，吐了好幾次。常說什麼地獄、修羅場，那個時候的這座村子，不是譬喻，真正就是地獄。」

村人都已經死光了——一開始寬三郎這麼以為。

但他錯了。其實還有不少村人一息尚存，只是虛弱到連開口都無法。

雖然還有一口氣，但實在撐不了多久。被腐爛的屍體包圍，不吃不喝，只是發抖，這樣的狀況，不用疫病來侵擾，人照樣要失常。畢竟永遠不會有人來相救。

寬三郎——

「我呢，先是把屍體——集中起來。」
「集中起來？」
「我告訴你，當時可是連活人跟死人都分不出來了。所以搖一搖、拍一拍，還是沒反應的人，就全部拖走，有呼吸的就抬到庄屋的大房子去，讓他們躺在榻榻米上。我沒有照顧他們，什麼都沒做，只是讓他們躺在那兒。嗳，當時我也沒有要救人的慈悲心腸啦。因為我抱定了自個兒也會死在這裡的心——」
將畑野的倖存者聚集起來，屍體堆到一處，暫時把後事交給還稍有體力的人，接著寬三郎前往老家所在的花里——這裡。
做了一樣的事。
寬三郎在竹森、川田也做了一樣的事。
木山幾乎全滅了。
但還是有三人仍有呼吸。
寬三郎上了山，弄來一些能吃的東西，把三人帶回花里這裡。給他們東西吃以後，幾個人稍微恢復了精神。
如此一來——
總覺得不能拋下不管了。
不，寬三郎回來是要等死的，所以也沒別的事情好做。但話又說回來，他也不知道該做什麼。沒有藥，什麼都沒有。
所以。
「我打掃了一下。」
「打掃？」
「打掃。待在那麼髒的環境裡，好得了的也好不了。我鞭策能動的人，硬要他們勞動。」
「什麼？你要奄奄一息的人工作嗎？」
所以才會被人說成是惡鬼啊，寬三郎答道。
「反正丟著不管也會死。如果能動，不管再苦再難受，動到死也比較好吧？勉強勞作累到死，跟就這樣躺著歸西，還不一樣都是死？就算要他們工作，他們也不會有怨言吧。」
水井的水不乾淨——寬三郎這麼覺得，所以要人去河裡汲水。
木柴多得是，所以要人生火，煮沸河水，放涼後再喝。
因為村子外頭有命令，要百姓這麼做。
「怎麼會冒出這種病來？是疱瘡神還是瘧鬼這類東西來糾纏作祟嗎？這我不清楚，但總之我就是覺得，髒東西就是不好的。我——」
把堆積起來的屍體——
「抬上大板車，載到山上去。我覺得就是因為這些東西在這裡，疫病才會蔓延開來。」
這不是謊話。

寬三郎認為，髒東西就要運出村境之外，或流放、或燒燬，總之必須淨化才行。

「不是有送蟲儀式（註14）嗎？就是學那個。我不知道這是什麼因果還是災禍，管它是什麼，總之就是要把它趕出去。不管再怎麼搬，村子裡頭依舊到處是屍體。屍體都爛了，爛得一塌糊塗。女人、小孩、老頭子、老太婆，全都糊爛成一個樣。木山的村郊有塊地方地勢險峻，沒人會去，我把屍體全丟到那兒了。」

「丟掉？不是埋葬？」

「我只有一個人啊。」

能做什麼？

「哪有力氣挖那麼多墓穴？也沒有棺材。我把它們全扔去那兒了。所以——」

才會被說成是惡鬼嗎？林藏說。

「看起來就像惡鬼吧。拖著腐爛屍體堆上推車、扔掉，堆上推車、扔掉，不就跟地獄圖裡頭畫的惡鬼一個樣嗎？而且，不管是還這麼小的孩子，還是惹人疼愛的姑娘，全都一視同仁。這就是惡鬼的行徑吧？人做不出來的。有心的人不可能做得出這種事。我每天一趟又一趟——」

將人的屍體——

註14：日本驅逐稻田等害蟲的民俗儀式。夜裡，村人手持火炬，沿著田梗大聲喧嘩，將想像中的害蟲驅至村境趕走。多在初秋進行。

堆積在荼毘原。

「扔掉的時候，我把他們剝得一乾二淨。死人不需要錢。錢包、腰帶、布襪，什麼都不需要。死人只會腐爛，但還能用的東西，沒道理丟掉。」

那不髒嗎？林藏問。

「死人身上的東西，我可不敢摸。不覺得毛骨悚然嗎？」

「這你就錯了。」

死並不汙穢。

屍體只會腐爛。

「你聽著，物品呢，是為了活人而存在的。這世上的物品，所有的一切都是做給生者用的。所以要由生者來使用。死人什麼都沒法用。在地府，能用的至多就是那六文錢渡河錢。俗話說，有錢可使鬼推磨，不過即便六文增加成十文，待遇也不會變得更好吧？可是啊，生者——」

有個十文錢，就能填飽肚子。

「因病暴斃的人，真的很可憐。可是林藏啊，你認為那些死者會想要把還活得好端端的家人朋友一起帶上路嗎？你也一起死吧、給我一起死吧，會這樣想嗎？如果我是死人，可不會這麼想。即便是被人咒罵為無情無義、被視為惡鬼害怕的我，也沒這麼霸道的念頭。普通應該會希望留下來的人活下去，也希望家人朋友能多長壽就多長壽，不是嗎？若是想要活下去，就需要錢和各種東西啊。」

「老爺——有了活下去的念頭嗎？」

「是啊。」

從早到晚，日復一日，搬運著腐爛的屍體，將它們剝光，漸漸地——

「我開始覺得尋死是一件荒唐的事。不，我根本忘了要死。更重要的是——我沒死。」

遲早會被傳染。

然後就會死。

儘管一直這麼以為。

「我不停地丟棄剝光的屍體，進入山裡找食物。我讓還活著的人吃那些山裡摘來的果實，觀察了兩、三天，結果有幾個人恢復精神了。簡而言之，就是虛弱罷了。我——發現活著的人，沒有一個得了那可怕的病。」

倖存者沒有罹患時疫——寬三郎如此確信。

症狀不同。

幾乎都是飢餓造成的衰弱。

發燒似乎也是食物中毒所引起。

後來才進入村裡的寬三郎完全沒事。

疫鬼已經離去。

是被新的惡鬼——寬三郎給趕跑了。

「我就是察覺了這個事實，才燒掉了棄屍荒野的屍山。這不折不扣就是送蟲儀式。送蟲儀式在最後不是會焚燒嗎？要是從那屍山再冒出什麼壞東西來，這回可就真的沒轍了。所以我徹徹底底、燒了再燒。花了好幾天工夫呢。腐肉燒焦的臭味籠罩了這美曾我五村。據說升起的濃煙，連京都大坂都看得見。」

正有如地獄的獄卒。

將故鄉的鄉親拋入烈火，手、腳、頭、五臟六腑、孩童、大人、老人，全都給燒了。

煙煤飛舞，骨頭爆裂，油脂流淌。不祥的黑煙直衝天際，紅蓮業火猛烈盤旋。

而前方站著半裸的寬三郎。

就像個惡鬼。

但是。

他引以為傲。

「沒錯，化身惡鬼，是我的驕傲。聽著，這村子就是這樣救回來的。現在倖存的二百數十人——」

就是我救回來的。

「我可不講謙虛那套。初心如何姑且不論，即便只是歪打正著，我救了村子仍是事實。」

沒錯，這完全是歪打正著。即便如此。

「由於我化身惡鬼，有兩百多人才能活命。這無庸置疑。要是嫌什麼屍體髒、噁心，所有的人都要變成那腐屍了。我一個接著一個剝光死人，燒了屍體。我鞭策虛弱的活人，要他們幹活，完全是地獄裡的獄卒。但從屍體剝下來的衣物、屍體身上的物品、死人以前住的房子，全都為活人派上用場了。屍體身上的錢，也用來讓倖存者活下去了。」

「原來──是這樣啊。」

「沒錯。我可沒把錢給私吞了。在那種局面，大撈一筆又能如何？聽著，這村子，美曾我五村，是靠著化身惡鬼的我和死者的錢存續下來的。」

武士。

和尚。

鄉里的人。

完全沒有伸出援手。

他們只是驚慌失措，撇頭不看，就像把不好的東西蓋起來就沒事了。隔岸觀火，免得受牽累。遮起來推得遠遠的，見死不救。這豈不是跟扒沙埋糞的貓沒兩樣嗎？只不過是害了病──就被視如糞土。

對了，林藏說。

「當時候的庄屋都在做些什麼？是已經死了嗎？」

「你說──庄屋嗎？」

「對。那時候的庄屋，是那位現任庄屋又右衛門先生的父親對吧？他只是唯唯諾諾地聽從官府的命令嗎？想想村子的慘況，我覺得他應該要向上申訴才對啊。」

「庄屋，」

又兵衛——

「在我回來的時候，他人已經不見了。」

「不見了？」

「對。」

「是在村境遭到封鎖前——逃走了嗎？」

「天曉得。」

——不。

不知道。

「總之，前任庄屋怎麼樣我不知道。不過村子的處置，是我和官府交涉的。看到燒屍體的黑煙，有官差到村境來了。我抓住他們，滔滔不絕地傾訴疫病已經離開了，不必擔心被感染了，我就是人證。官差——嗯，又在那裡商議個老半天，十天後解除了封鎖。」

沒錯。然後——

【參】

我這並不是在責怪你啊，和尚說。

「你的功勞值得讚賞。這我都清楚。眼前就是最好的明證啊，寬三郎老爺。你在村子裡胡作非為，離開故鄉，成了混跡江湖的賭徒。這要是一般人，就再也不回來了。即便回來，也不會就此落腳。然而你不是村役（註15）、不是獵人、也不是樵夫，卻住上這麼大的屋子——」

「這本來是我父親的屋子，是依我的意思改建的。村裡的人也就罷了，你可沒資格在那裡對我賣人情似地說三道四。」

你這人也真難伺候吶，和尚搔了搔禿頭說。

「我不會給你添麻煩，也不收村人半毛錢。怎麼，你好像說貧僧是為了賺錢，才慫恿村人辦法事，但這才是誣賴人。聽著，我明白你關心村裡的人，可就是這些村人在害怕啊。」

——怕鬼嗎？

「世上哪有什麼鬼。」

「有沒有，貧僧不知道。」

「你不知道？」

「佛陀的教誨中，沒有亡魂這東西。一切生命，皆在六道之中輪迴。淨身與祈禱，是神道教神職的工作；占卜凶吉和驅邪，亦非僧侶的職責。」

註15：江戶時代於郡代或代官底下管理村中行政事務的農民。一般指地方三役：庄頭名主、組頭、農民代表。

「那和尚要做什麼？」

「聽著，迷惘的不是死人。死人不會迷惘。寬三郎，死人呢，若是沒有好好依規矩送走，就沒法超渡啊。而死人不超渡，活人就會迷惘。」

「哼。」

這是詭辯。

寬三郎這麼說，和尚便說：沒錯，只是權宜之說。

「那就是騙人的吧？」

「是騙人的。雖是騙人的，卻是事實。迷惘的人，什麼都看得見、什麼都聽得到。對於看見、聽到的人來說，那不就是事實嗎？他們驚慌、害怕，所以才需要和尚啊。」

佛法是為了生者而存在，和尚說。

「是為了讓人好好地活、好好地死，這才是佛法的宗旨。」

「真會講。」

寬三郎捲起袖子。

「那你說說，你為活人做了什麼？」

在，那片地獄之中。

「你躲在寺院裡唸著南無阿彌陀佛嗎？就算拜佛，又有誰得救了？有活人因為這樣而痊癒了嗎？有死人因此而復生了嗎？」

你們和尚就跟武士一個樣，寬三郎咒罵說。

「飽食終日，只會從別人身上竊取，根本是小偷。對，就像你說的，我是個拋棄父母、村子、田地的賭徒，是個不成才的東西，但我還是——」

寬三郎伸出胳臂。

「靠著這條臂膀獨自打拼。我可不是靠施捨過活。沒錯，村裡的人是會送芋頭、蔥什麼的來給我。不管是米還是什麼，需要的東西我一樣不缺。不過那也是為了當時的回報。是我，」

化身惡鬼的回報。

我明白，和尚表情苦澀。

「貧僧當時亦是如坐針氈。我真想趕來盡點力，但寺院在村子外頭，進不來啊。我好幾次煮了粥送到村境，卻被趕了回去。」

「我可是進來了。」

「官差是看你進來後就不會離開，才放你進來的。官差說，絕不能進出村子，也不能送東西進來，絕不能跟村人有任何接觸。」

「哼。」

都是藉口。

「那——怎麼不說你不出去了，直接進來就得了？如果你真的有心要救人，應該就會這麼說。」

那沒用的，和尚說。

「沒用？那是怎樣？你是說我做的事是白費工夫？」

「不是的。貧僧跟庄屋又兵衛老爺說好了。又兵衛老爺說，這樣下去糧食一定會耗盡，而村人又已虛弱不堪。一旦食物告罄就完了，所以什麼都好，一定要送吃的進去。好吧，這聽起來像託詞，但是在村境遭到封鎖之前，貧僧都留在這裡照料病人，但實在是沒個了局，所以貧僧才和又兵衛老爺一同前往代官所。在等待上頭做出裁決之前，貧僧先返回寺院，準備好吃食要送來，結果村子就被封了。」

「又兵衛啊——」

那傢伙。

他是個人渣，寬三郎說。

「人渣？」

「對，那傢伙，」

奪走了我的一切。

「但又兵衛大爺還是為了這個村子，竭盡所能了。」

「他做了什麼？聽著，這村子裡頭，沒一個人當他是好東西。所以他兒子又右衛門才會如此抬不起頭。說是庄屋，也沒半個人敬重他。」

是啊，和尚點點頭。

「噯，你年輕時跟又兵衛老爺起的那場衝突，令先君也告訴過貧僧。但又兵衛老爺也不是個壞人。那個時候，因為底下的官差不肯做主，所以我們直接去找代官申訴。又兵衛老爺整個人跪在地上，死命懇求代官，要他救救咱們村子。」

「嘴巴說說誰不會？況且到頭來，那傢伙什麼事也沒辦到，不是嗎？那傢伙——」

——在三十年前。

又兵衛老爺的事就甭提了，和尚說。

「他是逃走了，還是死了，這沒人知曉。也許是被代官狠狠地斥責了一頓，心生畏懼。也可能是為了病情散播而自咎自責。但貧僧最後一次見到又兵衛老爺時，他是個有骨氣、為村子著想的庄屋。現在的又右衛門大爺也是，雖然還年輕，但也很努力啊。這且先擱下不管，我今天要來商量的，是——」

「鬧鬼的事對吧？」

「是——啊。」

「那種連有沒有都不知道的東西，是能怎麼樣？你也不能拿它怎麼樣吧？」

這話就不對了，和尚表情扭曲說。

「死人是否迷惘，貧僧無從得知，但現在這村子裡的人在迷惘。除了老爺之外，這美曾我五村，每個人都活在驚恐之中。貧僧的意思是，得設法安撫人心才成。貧僧就是來商量這事的。」

「辦葬禮就能解決嗎？」

那種東西。

蓑借杉藏的葬禮極為隆重。請了許多和尚，也有大量鮮花供品。

但——杉藏這樣就滿足了嗎？他所疼愛的萬吉被千藏所殺——而萬吉死去，結果也無人為他辦後事。

「什麼葬禮、法會的，和尚，那種東西是白費工夫。不管辦不辦，都是一樣。既然如此，為那種事情花錢，就是愚蠢的行徑。哪怕只有一絲絲也好，只要有悼念、緬懷之情，在內心深處惦記著死者就夠了，不是嗎？」

「是啊。」

我說，寬三郎老爺啊——和尚換了副親近些的語氣，繼續說道。

「就像死靈與佛陀的教誨無關，佛道的修行與葬禮也無關。取個法名（註16），硬是收為佛門弟子，因為是佛（註17），所以要祭祀、要誦經，這些事後附會的說法橫行於世，這才是一種權宜手段。什麼墳墓、牌位、佛壇，全是裝飾，與佛法無關。這些都是為了管控檀家（註18）的權宜手段。這部分就像你說的。可是啊，接下來的話可是緊要之處，寬三郎老爺，葬禮呢，」

是為了生者而辦的——和尚說。

「什麼意思？」

「所以囉，葬禮就類似了斷。」

「了斷？」

「沒錯，就是了斷。爹再也不會回來了、娘再也不會復生了──人很難真正去做出這樣的了斷。所以即便得花錢，也要祭祀死者，建個卒塔婆什麼的。這都是為了讓人瞭解，死者已逝，再也見不到了。要是不這麼做，人就會心有期待對吧？而期待就會帶來迷惘。一有迷惘──」

亡魂就會出來，和尚說。

「看到亡魂的是生者。即便是和尚，只要迷惘，什麼怪東西都看得到。所以了，寬三郎老爺，世上有沒有亡魂死靈，不是和尚能知道的，但如果檀家看見這樣的東西，那就是檀那寺的差事了。貧僧是在請求，讓貧僧盡貧僧的職責。」

「了斷──」

意思是還沒有做出了斷？

「所以了，祭祀的方法是形形色色，不同的宗派有不同的做法。所以你所做的事，噯，雖是惡鬼羅剎般的行徑，但仍是不折不扣的祭祀啊，寬三郎老爺。」

祭祀──

那也算祭祀嗎？剝光衣物，棄置荒野，點上一把火。

註16：日本習俗中，若採取佛教葬禮，皆會為死者取法名，記載於牌位上。

註17：日本人諱稱死者為「佛」，源於佛教中死後成佛的觀念。

註18：檀那寺的的信徒施主。

是不折不扣的祭祀啊，和尚說。

「你用火焰淨化了死於疫病、肉身腐壞的死者，讓他們升天了，這不是隨便一個花和尚能做到的，是令人讚嘆的祭祀。正因為有你祭祀，那些死於疫病的人應該都往生了。但是呢，村裡的人，」

什麼也沒做。

「他們什麼也沒做，什麼都做不到。他們目睹親人、父母、孩子痛苦地死去，卻不能為他們做什麼。所以沒法有個了斷。十年過去，在這第十個年頭，這些迷惘的心化成了形體、化成了聲音。」

「你是說，要對此做個了斷嗎？」

沒錯，和尚說，身子往前探過來。

「寬三郎老爺，貧僧明白你對我沒有好感。就像你說的，貧僧不種田、不打獵，全靠信徒施捨過活，就像個乞丐。你一定想，這樣一個乞丐，在這裡大放厥詞些什麼？」

沒錯——我就是這麼想，寬三郎回答。和尚點了幾下頭。

「但是，武士的工作就是擺樣子。和尚也是。如果武士不管政事，無論農民再怎麼努力耕作，藩國也不成藩國了。要行政事，就得擺出官吏的樣子來。除非不容分說地要百姓服從，否則政事無法推行。」

「所以你要我默默聽從？」

不不不，和尚說。

「我是說，施政必須要百姓心悅誠服。不管是農民叛亂還是暴動，都是惡政所招致。名君不必擺樣子，亦自然受到崇敬，百姓對政令遵行不悖。不過，無論再怎麼樣的名君，如果態度搖擺猶疑，或是對下討好，會怎麼樣？草民也會感到不安。武士之所以擺樣子，是因為他們的工作就是擺樣子。和尚也是一樣的。同樣的道理，若貧僧猶豫不定，就救不了任何人。必須表現出以無邊佛法，收服鬼怪這類下等東西的樣子來。若是擺不出樣子，妖物就要源源不絕了。所以寺院是擺飾，法事也是擺飾，和尚亦要穿上袈裟──擺樣子。」

這就是和尚的工作，和尚說。

「現在這村裡頭的人都在害怕、懷疑。他們懷疑的不是別人，就是自己。他們不是懷疑你，也不是懷疑死人。很可憐不是嗎？」

「你是說──要欺騙村裡的人？」

「貧僧是說，欺騙就是貧僧的工作。只要這麼做，就能安撫這村子。聽好了，親人死去可是件大事。你家這兒──在你離家的期間，令先君也過世了，不過光是死了祖父母，也夠教人難受了。至於白髮人送黑髮人，做父母的悲痛，更不是輕易能夠撫平的。十年前，死去的可是上百人。連不經事的孩童、襁褓中的嬰兒都死了。有人失去父母，有人失去另一半。而他們的遺骨，都散落在那處荼毘原。會覺得他們死得可憐、可悲、枉然，猜想他們也許正怨著自己，這──」

豈非人之常情？

惡鬼沒有人心。

「我毫無感覺。因為我是惡鬼。」

「也許你是成了惡鬼，但其他人可就沒法像你這樣了。他們很哀傷、害怕。所以請讓我這把老骨頭行個方便吧。讓我辦場法會，平撫眾人的心吧。」

老僧低下頭來。

「除非你點頭說好，不管庄屋和貧僧做了什麼，都沒有意義。因為你才是這村子的恩人。唯有你參加，欺騙才能成為手段，謊言——」

才能成為真實，和尚把禿頭抵在榻榻米上說。

這名老僧從來沒有向寬三郎行過禮。這也都是因為——

——那不成樣子。

若沒有個樣子，就無法勝任檀那寺住持之職。因此這名老僧從來不曾向人低過頭。正因為如此，他認為這和尚現在這番話，全是肺腑之言。

對——我這個惡鬼開誠布公。

「嗳——」

寬三郎正要開口，後面的紙門打開了。

和尚抬起頭來，似乎吃了一驚。

回頭一看，林藏站在那裡。

「住持，您這番高見所言甚是。我從來沒見過敢於如此吐露真言的佛法者。您一定是位道行極深的高僧。」

「胡、胡說些什麼，貧僧只是個鄉下和尚。就因為不守清規，才說得出這樣的話來。這要是被本山（**註19**）的人給聽見了，可是要被逐出佛門的。倒是，這位是哪位——？」

「他是——」

「在下是招魂的。」林藏這麼說。

「招魂的——？」

「該怎麼說才好呢？降神——也不是呢。或許可以說是施咒召喚死人的外法師吧。」

「外法——？」

「不是有叫返魂術的嗎？我可以聽見來自黃泉的聲音。啊，這是身為佛門子弟的住持絕不會認同的邪法，是違背世間常理之舉，故而謂之外法。」

「那你這個外法師——怎麼會在這裡？」

「有人拜託我來。」

「拜託——你來做什麼？」

註19：江戶時代，幕府為統治佛教各宗派，施行「本末制度」，釐訂各寺院之間的本山、末寺階層關係。各宗派最高級別為總本山。

「消滅怪物。」

什麼！和尚短促地驚呼，直起身子，交互看著寬三郎和林藏的臉。

「寬三郎老爺，你——」

「不是。我才不會找這種人。」

惡鬼怎麼可能找人來消滅怪物？

是庄屋拜託我來的，林藏說。

「就像他說的，是又右衛門那傢伙把他給找來的。那個窩囊廢，怕死怪物了吧。這是椿大笑話，不過我覺得總比在你的寺院辦什麼法會、超渡會的來得像話，所以才跟他聊了聊。」

「是啊，我是又右衛門老爺找來這村子的。那位老爺嚇都嚇死囉。怕得不得了。」

害怕死靈——

「啊，這貧僧也知道。他關在屋子裡，連一步都不敢出來。貧僧也好一陣子沒見到他人了。上回的商議，他也沒露面。」

原來如此，所以作造才會上門來。

他是個膽小鬼，寬三郎說，林藏附和說：就是啊。

「什麼就是啊，你不是又右衛門找來的嗎？」

「是啊。噯——又右衛門老爺雖然把我給找來了，但他嚇得發抖，不停地喊怕，我完全不懂究竟是怎麼個一回事？就連十年前出過什麼事，都不清不楚。我想這樣也甭談什麼消滅怪物了，便在五座村子繞了繞，四處打聽。結果——」

林藏望向寬三郎。

「總覺得情況似乎不大對。」

「哪裡不對？」

「喔，不管怎麼打聽、問什麼人，都說這村子真正的庄屋——」

是這位寬三郎老爺才對，林藏說。和尚面露苦笑：

「噯，或許是這樣吧。我不知道你打聽到哪些，不過十年前救了這五座村子的，就是這位惡鬼寬三郎老爺。自此之後，這美曾我五村，每個人都打從心底信賴他、敬仰他。至於又右衛門大爺——庄屋，唔，他只是繼承父親的位置，做村役的工作而已。」

「欸，似乎是這樣。所以我才會來叨擾這位老爺，詢問詳情。結果——遇上了住持來訪。」

「這樣啊。真是辛苦你了——可是——」

在下名喚靄船林藏，年輕人自報姓名說。

「林藏啊。林藏老弟，這樣似乎搶了你的工作，實在對不住，不過就像你聽到的，這可不是鬼怪附身、荒神（**註20**）作亂之類，要給誰驅邪、消滅怪物的事。首要之務，是穩定全村人心。因此——」

註20：荒神為日本民間信仰的神明，除了灶神的三寶荒神外，還有地荒神，為屋神、族神及部落神，以及牛馬的守護神。

似乎並不是呢，林藏說著，就這樣在寬三郎旁邊坐了下來。

「沒錯，並不是。所以對不住了，不必輪到你出馬——」

「不不不，反了反了，住持。」

「反了——？什麼東西反了？」

這事是歸我管的，林藏說。

「什麼意思？」

「是。村人的確在害怕，所以我認為檀那寺的住持務必要為了大夥的平靜、為了過世的死者，舉辦法會。可是——」

「可是——？」

「現在出沒的，不是那類東西。」

「不是？——我不懂你在說什麼，林藏老弟。你說說，出沒的是些什麼東西？」

「是溝出。」林藏說。

「那、那是什麼？」

「怪物。未受安葬，被棄置荒野的屍體，骨肉將會分離，跳起舞來。它無法進入六道之中任何一道，停留現世，吟唱怨恨，舞蹈無情——這就是溝出。」

世上哪有那種荒唐的東西？和尚說。

「寬三郎老爺，你說是吧？你聽見了嗎？他說骨頭會跳舞呢。」

「我聽到了。」
「怎麼樣？他居然這樣說。」
「但對我來說，我覺得亡魂跟那溝出也沒什麼兩樣啊，和尚。」
「不，可是——」
「亡魂也不曉得究竟存不存在啊。」
「唔，是這樣沒錯，但他說的那種怪物，顯然不可能存在啊。」
是的，不存在，林藏說。
「對佛門弟子而言，亡魂並不存在，但是對村人來說，確實存在，因此將它當做存在之物，予以安撫。住持先前一番話，就是這個意思對吧？就跟這是一樣的。不過我並非佛門弟子，既未出家，亦未得度，對我們這些外法師來說，這樣的妖物，是一種權宜之說。」
「權宜之說——」
「把五個村子流傳的怪異之說，與寬三郎老爺告訴我的話放在一起琢磨，自然便可以看出，這不管怎麼想，作祟的都不是因病而亡的村人。」
「不是嗎？」
「出現的是一對男女，並且並非得病的模樣。都死了一百多人，卻只有兩人出來作祟。」
兩人。
只有兩人。

「這豈不蹊蹺？」一作造也這麼說。

「骨歸骨，皮歸皮，我恨、我恨——據說那妖物如此訴說。因病而亡的人，會說這種話嗎？這——」

是溝出啊，林藏說。

「窮人連葬禮法事都無人處理，但縱然如此，亦不得草率待之。若是草率待之，那才真的會沒個了斷。傳說在從前，被裝進箱籠丟棄的窮人屍首，只有骨頭脫離，破箱而出，瘋狂舞蹈。從此以後，就把哀訴未受祭祀的死人稱為溝出。這傳說是在告誡人們，即便是低賤、窮困的死者，亦不能隨意糟蹋。嗳，祭祀是寺院的工作，但既然變成妖物，那麼消滅它們——就是咱們這些下賤人的差事了。」

「那玩意兒——可以消滅嗎？」

「是。」

當然沒問題，林藏說。

「雖然沒問題——但還有幾個不清楚的地方。只要釐清這些，我必定能除掉溝出。這一點我可以打包票。」

「除掉它的話——」

「不——我能除掉的只有怪異之物。對付這類可疑之物，不是和尚的工作。不過開頭住持說的，諸位村人的平靜，又是另一回事了。這付重擔，小輩實在沒法挑起。只要我除掉溝出，怪事自然會平息。如此之後——」

請住持再舉辦盛大的法會——林藏說。

「哼。」

寬三郎交互看著道貌岸然的老僧和可疑的年輕人。

「半斤八兩。什麼死人陰魂不散、作祟、怪物出沒，才沒那種事。」

「是沒有——」

不過確實存在，林藏說。

「莫名其妙。」

「看見不存在之物、聽見不存在之聲——這就是怪物啊。因為原本就不存在，所以無法輕易除去。雖然只要照著步驟來，還是有辦法。」

「什麼步驟？」

「是。就跟住持安排佛具法器，吟誦佛典經文一樣，咱們外法師也需要一些布置。」

「布置——？」

「是。因此我想請寬三郎老爺幫個小忙。」

「要我——」

做什麼？

「寬三郎老爺曾經化身惡鬼對吧？只要有如此強悍的人在場坐鎮，妖物便不敢現身。而這座村子裡最恐懼怪物的，是來拜託我的又右衛門老爺。我想勞步兩位，今晚一同前來荼毘原。至於住持，請您務必——」

也到場做個見證，林藏結語道。

【肆】

一走出屋外。

每個人都向寬三郎行禮。當中甚至有人膜拜。

每個村人都尊敬寬三郎。不只是花里，連畑野、川田的村民亦是。

溯河而上，穿過竹森。

寬三郎並不盛氣凌人。

也不妄尊自大。

但寬三郎在這美曾我五村裡頭，比庄屋、比任何人都要了不起，比誰要都要厲害。外頭的人都罵他是惡鬼，但對裡頭的人來說，他儼然神明。

太陽逐漸西下了。

在山裡，天黑的時間不定。山陰處、林蔭處、樹蔭處、草蔭處。時間流速各行其是。晦暝與黑暗、薄暮與夜黑，皆任意潛伏各處。

回頭一望，夕陽火紅，前方卻已一片昏黑。
錯身而過的老人皆敬畏萬分。
還有人特地從小屋出來合掌。
過了竹森，就是山路了。
再過去便是木山村——
——以及荼毘原。
從那之後，他一次也沒有去過。他不需要去那裡，也不打算去。亦無人靠近，是一塊荒僻、無用的險阻之地。原本就是。
木山郊外——
有一群燈火。燈籠和火炬。
木山的村民聚集在一起。作造等各村組頭似乎也在。村人見到寬三郎，全都低頭行禮。
深處是庵德寺的和尚。
他的旁邊——
是在火光照耀下仍一臉蒼白的庄屋又右衛門。
一旁的林藏，就像在按住他哆嗦不止的身體。
林藏向寬三郎一禮，與和尚對望，接著攙扶著又右衛門，分開草叢走去。
又右衛門似乎腿軟了。

和尚跟了上去。

寬三郎默默地穿過村人形成的人牆。

村人——

避鬼似地讓開一條路，停留在村郊，自後方朝著寬三郎的背影投以不安的視線。

——這有什麼。

是鬧劇。欺騙。手段。

什麼事——都不會發生。

死人是無力的。

不就是無力的嗎？那種東西，只不過是付爛皮、腐肉、枯骨、骯髒的穢物。

所以他粗魯地扔下，堆起，全部燒掉了。連骨髓裡頭都燒個精光。在風吹雨打之下，連灰燼都不剩了吧。

——對，就是這條路。

他在這條路上一而再、再而三地往返來回。

沒有白幡、沒有榁葉、沒有香，孤單一人的送葬。

沒有壽衣、沒有臨終水、沒有鉦、沒有鈴。不需要這些。

真正是——送葬路。

穿過草叢，經過樹林。

夜幕已完全籠罩。
沒錯，就是這裡。
這片原野。
寬三郎倒抽了一口氣。
「居然——」
變成這樣了？
怵目驚心。草。一大團的草。是小丘——不，是塚。這是天然形成的墳墓。
「是啊。」
林藏的聲音響起。他應該就在這片茶毘原的某處。
「如你所見——這已經是墳塚了。不折不扣的古塚。十年的歲月，徹底安葬了過世的每一個人。所以——」
不可能作祟。
「寬三郎老爺，你說你把屍體拋棄在此地，化身惡鬼、地獄的獄卒，以業火焚燒之。這對因病而亡的諸位來說，應是最好的祭祀——」
所以無人有恨。
不可能怨恨。
「對吧？又右衛門老爺？」

又右衛門他——

「時疫並非何人所為。那是疫鬼散播的災難，說起來就像遇上了偶經的魔物（註21）。即便能為自己的不幸嘆息，也無法怨恨他人。我說的沒錯吧？又右衛門老爺？」

在發抖。

顫抖的振動透過黑暗傳來。

火炬的光照亮了又右衛門的臉。

「不、不對，不是的。」

又右衛門擠出聲音似地說。

「不、不是因病而死的。」

「哦？那麼，是怎麼死的？」

林藏的臉浮現出一半。

「是、是——」

「又右衛門老爺，你如此害怕，究竟是在怕些什麼？我一開始不就再三強調了嗎？因病而亡的一百數十人，心中皆無怨恨——」

「不是那些因病而死的人。出、出來作祟的是、是兩個人吧？那兩個人——」

到底。

「你到底囉囉唆唆地在瞎扯些什麼？又右衛門。什麼叫不是病死的！」

這個毛頭小子——

「你、你是在指控我做了什麼嗎！」

「不、不就是嗎？寬三郎，你——你自個兒比誰都要清楚！」

「什麼！」

寬三郎上前兩、三步，這時。

林藏高舉火炬：

「那麼——問就是了。」

「問——」

右眼圓堂佛，

左眼中大佛，

右手釋迦如來，

左手普賢如來，

左足俱利伽羅不動，

左足八社觀音——

註21：原文作「通り物」，也叫「通り者」、「通り悪魔」，江戶隨筆文學中提到的一種妖怪。會突然出現，迷惑定性不夠的人作亂。

是謠曲嗎？咒文嗎？還是祝詞（註22）？

朦朧地。

古塚浮現在昏黑的夜色之中。高高地堆疊起屍體，放火焚燒，屍骸的殘渣凝聚而成的塚，開始模糊地展現出有如小丘的輪廓。

寬三郎亦瑟縮了。

墓塚正上方。

有什麼東西直了起來。

那是——

骨歸骨，

皮歸皮，

我恨，我恨。

那是——

一男一女。那影子，那是——

「可、可惡，出來作亂的就是你們嗎！」

寬三郎吼道。

「事到如今，都過了十年，還有什麼好恨的？可惡的又兵衛，你睡了我的志乃，算哪門子庄屋！志乃，妳也是，居然對那種窩囊廢張開兩腿，這個臭婊子！就是你們夫妻聯手起來阻撓我，把我搞臭，讓我在村子裡無處容身！害得我爹非辭掉大庄屋的職務不可！都是你們害的，全是你們自己種的果，是自作自受！」

骨歸骨。

皮歸皮。

我恨，我恨。

「喂！寬三郎，你知道你在說什麼嗎？又兵衛是我爹，志乃是我娘。他們應該是害怕染病，拋下村子逃走了，怎麼會在這處荼毘原陰魂不散？」

「我、我哪知道？你爹跟你娘，兩個都不配做人。不配做人的傢伙，自有適合他們的下場。拋下村人逃走的孬種、膽小鬼、窩囊廢，這名聲正符合你爹娘。你就是他們的狗兒子，當個孬種、膽小鬼、窩囊廢的兒子活下去，才適合你！」

「這太奇怪了。」

「哪裡奇怪了？」

「我——一直百思不解。當時疫病肆虐，而十年前我才十二歲，天底下有哪個父母會拋下十二歲的孩子逃走？要逃，應該也要帶著孩子一起逃。」

「那你就是被拋棄了。只是這樣罷了。」

註22：祝詞為神道教中稟告神明的話。

「不。我爹和我娘一直都在這裡，在這個村子裡。」

「哼，那就是得病死掉了吧。我在這裡燒掉的屍體，全都爛光了，糊成一團，根本看不出誰是誰。」

「這話也不對。」

我爹跟我娘都沒有得病。

「是你殺了他們吧，寬三郎？」

是你殺的。

是你殺的。

就是你殺的——

「不行嗎？對，就是我殺了他們的。我啊，那時原本覺得爛命一條不要也罷。不過既然要死，也得先殺了又兵衛跟志乃再死，所以我才會回來。那兩個混帳王八蛋，這樣作踐別人，我就是回來宰了他們的。沒想到這兒——竟成了地獄。然而那兩個混帳東西居然都沒有得病，活蹦亂跳的。我的家人全死光了，叔叔、姪子、姪女、堂兄弟，沒個活口。他們卻——」

所以。

所以我把他們的腦袋劈成了兩半。

「沒有人發現。每個人都虛弱得說不出話、站不起來。這種狀況，不管我做什麼，都不會有人發現。舉目四望，橫屍遍野，就算再增加個兩具，也沒什麼差別。這是天譴。」

「寬三郎，你——」

是和尚的聲音。

「哼。事到如今再來事後諸葛，也於事無補啦，和尚。沒錯，我的確親手宰了又兵衛跟志乃兩個人。但同樣這雙手，也救了兩百名以上的村人，這可是不爭的事實。」

「不、不管救了多少人，你那雙手還是殺了兩個人啊。你殺了我爹娘。不管累積多少善行，你一樣都殺了人。你是惡鬼！惡鬼！惡鬼！你這個殺人凶手！」

殺人凶手。

沒錯。

那是寬三郎第一次斬人。斬不斷。笨鈍的刀子，加上有樣學樣的外行人劍術，根本斬不了人。

所以他是用敲的。

先是敲破了又兵衛的腦門，再來是志乃的腦門。一下又一下。皮開肉綻，骨頭碎裂。

那兩具屍體——

是最先搬來這裡的。

為了掩蓋它們，他把其他屍體也搬了過來。在屍體疊上屍體，以屍體掩埋屍體，用屍體隱藏屍體。他欲罷不能。因此全搬來了。

屍山。

沒錯。

寬三郎是個殺人凶手。

凶手！殺人凶手！又右衛門喊著。

「你這個殺人凶手！什麼花里的救命恩人！」

「殺人凶手啊——？」

林藏的聲音響起。

南無咒詛神焉？

奪地口舌境界之爭，

南無咒詛神，

附於族人親戚之仇，

南無咒詛神，

酒盞遺恨之仇焉？

言語話語之遺恨，

金銀錢財之仇，

五穀八木借貸遺恨之仇，

一生一世之仇，

七代篠根之仇，

附於宇文法文仇之南無咒詛神——

墓塚。

隆隆作響。

「凶手！凶手！凶手！凶手！」

這——不是又右衛門的聲音。

聽起來像是從整座塚響起。

「凶手！凶手！凶手！」

又右衛門。

又右衛門啊。

「爹、爹，是我！寬、寬三郎這個惡鬼都招了！他剛才親口說了，就是他殺了爹跟娘的！這個、這個狼心狗肺的殺人凶手——」

他自白了！

又右衛門，

兒子，是你啊。

你，

有資格責備這個人嗎？

「呃、爹，我、我——」

為什麼，

為什麼你會知道，

我倆不是病死的？

「那、那是──」

「是啊，又右衛老爺，你怎麼會知道？」

「那是──」

轟轟。

墓塚鳴響。

「這、這是怎麼了，林藏，這是──」

「這──似乎是作祟吶。」

「作、作祟？是對、對那個惡鬼作祟吧？這是我爹跟我娘吧──？」

人影消失了。

取而代之，古塚、寬三郎堆起的屍山蠢蠢欲動。

「不是。這──不是你的父母。」

「你在說什麼啊？林藏，你──」

不是說沒有作祟嗎？

「你說，每晚出來徘徊的那對男女一定是我爹娘，所以只要揪出害死我爹娘的凶手，交給官

差，冤魂就能安息——所以、所以才會這麼做的不是嗎？你可別鬧我了。在作祟的就是我爹娘。是遭那惡鬼殘忍殺害的我爹娘，在對那傢伙、對那傢伙作祟！」

又兵衛指住寬三郎說。

轟。

轟轟。

「這、這是什麼聲音？你不是說了嗎？你說沒有作祟，死去的村人誰也不怨，你不是這樣說的嗎？」

「既然如此——你何必怕成這樣？」

「我、我才——」

「為什麼你能斷定你的父母不是死於疫病？為什麼你認為他們是遭人殺害？——又右衛門。」

「那是——」

轟。

轟轟。

轟轟轟。

「這座塚在作祟。死者在憤怒。」

「為、為什麼？怎麼會憤怒？對了，都是這惡鬼害的。他們發現自己被這麼個蛇蠍心腸的人埋葬、被這麼個凶手祭弔，所以生氣了。這一百數十人都在作祟你啊！聽著，寬三郎，什麼救命恩人，你不事生產，從村人身上搜刮，逍遙地過日子，還自鳴得意。你是寄生在這村子的蝨子！礙眼東西！殺了人家的爹娘，還什麼救命恩人！你現在就去死，就在這裡以死謝罪吧！」

「你、你說什麼——？」

這話就不對了，又右衛門，林藏開口道。

「不對？哪裡不對了？這傢伙是殺人凶手。他自己剛剛全招了。你不也聽見了嗎？」

「確實——殺害你父母的應該就是寬三郎。但是，這座塚至今能夠安然無事，也都是多虧了寬三郎。因為有他祭弔，死者才能不變成溝出，安安分分。但唯有兩人——你的爹娘並未受到祭弔。這件事被隱瞞了。所以他們才成了溝出吧。」

「既然如此——」

「所以我不是說了嗎？這若是時疫，誰也怨不得。可是啊，又右衛門，倘若這不是病，那自然要死不瞑目囉。」

「不是病——」

「你自個兒說過的啊。說你爹娘不可能因病而死。那可是時疫，會不會得病，就像運氣。不，在這麼狹小的村子裡，不可能不得病。但是，寬三郎沒有得病。不——這裡的病，其實並不會傳染對吧？只是發病的時間有早有晚，僅有一開始得病的人死掉了——是不是這樣？」

「這是——」

怎麼回事？寬三郎問。

「怎麼回事？又右衛門！」

轟。

轟轟轟。

又右衛門。是你嗎？就是你搞的吧？

骨歸骨皮歸皮，我恨我恨我恨啊！

轟轟轟轟轟。

「沒錯！」

又右衛門大聲喊了出來。

「就是我！是我——在井裡下了毒！我要大夥全都去死！全部、所有的人都是我害死的！」

又右衛門喊道，衝上了墳塚。

「如此，金比羅終焉矣——」

林藏靜靜地說道。

【後】

那，後來怎麼了呢？橫川阿龍問道。

「也沒怎麼了，而且阿龍，當時妳不也在場嗎？」
「在是在，但我躲在那小丘底下的草叢裡頭，什麼都沒瞧見啊。」
這差事真是爛透了吶，六道屋柳次嘀咕道。
「那髑兮兮的塚——聽了嚇死人，居然是骨頭堆成的山？要人在三更半夜躲在那屍山上頭，冒出來一下再縮回去，你當咱們是雨夜的月亮嗎？結果工錢只有少少的一兩喔？」
「有什麼辦法？我只拿了五兩欸。要祭文語老頭做機關讓墳塚發聲，又花了我一兩。」
那老頭未免太獅子大開口吧？柳次說。
「還嘰嘰呱呱唸些教人頭皮發麻的咒文。那是哪兒的鬼話啊？」
土佐還是阿波，總之是那些地方吧，林藏答。
「好像是叫什麼咒的。再怎麼說，文作的諢名就叫祭文語，念咒是他的拿手好戲啊。」
毛死人了，受不了，柳次咒罵道。
「還有那轟隆怪聲，是怎麼個機關啊？」
「他好像搬來了風箱之類的，讓塚發聲似乎是個大工程，應該下了不少重本。再說，文作老爺子跟你不一樣，對錢才不計較。」
囉唆！柳次罵道。
「我在上方待太久，染上這的氣息啦。話又說回來——這事也太慘了吧？姓林的。」
「你也真煩人。與其抱怨，一開始就別答應。」

我不是說差事啦，柳次在路旁蹲下身來。

「怎麼？已經累啦？」

「路錢會另外算吧？那個老狸子，怎麼不起碼派頂轎子、借頭馬給咱們？」

人家也累了，阿龍憑靠在樹上。

「有什麼辦法？拖得愈久，損失愈大。又沒客棧錢好拿。」

林藏說完，也往路肩的石頭上一坐。

「曖，這次的事，打一開始就怎麼也對不上。那個庄屋又右衛門，就是他捎來的委託，不過——那疫病也太奇妙了。」

「在你指出來之前，我倒是完全沒察覺。」

「又右衛門從一開始就料定了寬三郎是殺親仇人。不是懷疑，而是確實知道。儘管如此，卻沉默了十年，乖乖地在那村子當他的庄屋。這一點首先就怪了。疑似殺害爹娘的仇人一副顯達嘴臉，掌管村中大權，相對地，又右衛門本人儘管是庄屋，卻是個毫無人望的年輕人。甚至被視為窩囊廢的兒子，被人瞧不起。」

唔，是很怪，柳次附和。

「既然知道，怎麼不說呢？更重要的是，他怎麼會知道這件事？難不成他看見父母遇害的場面了？」

「不，這不可能。寬三郎回到美曾我時，又右衛門人在大庄屋的屋子裡，也就是畑野的自家裡。但當時的大庄屋——又右衛門的父母，應該為了挽救村子而去了花里。他們人在花里的寬三郎家。據說那屋子是寬三郎出生的家，也就是上任大庄屋的房子。寬三郎離家後，大庄屋改由畑野的又兵衛擔任。不久後，寬三郎的父親過世，此後那屋子就成了五村議事的地點。又兵衛應該在那裡，為了拯救五村的疫情而忙碌。畑野的屋子離川田和竹森太遠了。寬三郎的屋子正好就在五村正中央。」

寬三郎是由於什麼經緯遭到村子放逐、又是出於什麼動機回到村子，林藏不清楚。但從寬三郎在荼毘原的口氣聽來，從前他與又兵衛之間，曾為了志乃這名女子起過衝突，結果發生了某些事，使得他在村子裡無法容身，這一點似乎是確實的。

寬三郎憎恨又兵衛夫婦。

寬三郎當時脫口承認，說他是回來殺了他們的。林藏不知道是否真是如此。但寬三郎回到宛如地獄的故鄉，目睹他恨之入骨的又兵衛居然取代父親，一副大庄屋派頭，大搖大擺地待在他的老家。

「寬三郎在那花里的老家旁邊殺了又兵衛夫婦。留在畑野的又右衛門不可能目擊。但不知為何，又右衛門知道父母不是死於疫病，而是遭殺害。一般應該都會認為是染病而死。」

「是啊，更重要的是，村人不是都說上一任庄屋是逃走的？」

「那是寬三郎散播的謊言。」

為了——避免被懷疑人是他殺的。

「村人應該都無條件相信他說的話。所以——又右衛門才愈發起疑吧。」

「然後是怎樣？」阿龍轉過身子問。

「那個又右衛門委託一文字狸做什麼？」

「所以囉，他委託的是找到寬三郎殺害他父母的證據。他說寬三郎肯定就是凶手，卻苦無證據。他再也受不了殺害父母的男子在村中不可一世地作威作福。」

確實，又兵衛夫婦不太可能拋下幼子又右衛門逃離村子。但即使不是逃走，又怎麼會是遭人殺害？又右衛門的心中，從一開始就排除了病死這個選項。

「很奇怪對吧？」

「很奇怪。那，老狸子也這麼想嗎？」

「對。這時——就輪到文作上場了。老爺子潛入美曾我四處打聽。不過，寬三郎與又兵衛的衝突，是三十多年前的事了，有關的人早就死光了，似乎查不出是怎麼回事，但十年前的事情則大致明朗了。老爺子仔細調查了寺院的過去帳（註23）和庄屋的戶籍簿，結果發現——」

疫病。

似乎沒有傳染開來。

「那根本不是傳染病。」

註23：日本寺院記錄檀家、信徒死者姓名及歿日的本子。

「可是這太奇怪了吧？病不是傳開了嗎？」

「對，是傳開了。不過那並非會傳染的病，而是毒。」

「毒？——這麼說來，那個蠢呆瓜說他在井裡動了什麼手腳。不過就算他在某個井裡下了毒——又怎麼會傳開來？」

「喔，美曾我五村的水源是同一處。水脈都在地底下相連。」

「水井嗎？」

「就是水井。」

最頂端的村子，木山的水井被下了毒。

居住在木山的人，多半都上山工作了。

又右衛門應該就是趁著這時候下毒的。

因此最先喝到毒井水的，是不必上山工作的人。賦閒在家的老人、小孩、女人首先相繼倒下，就是這個緣故。並非沒有體力的人先得病。

「那是個什麼都沒有的山村，沒有人會懷疑井水被下了毒。第一個想到的是疫病，根本不會想到是毒。因此才會往下逃。因為上頭是山，也只有往下一途了。但毒藥也沿著地下水脈不斷地往下流去，擴散到竹森、川田的水井——」

毒水蔓延開來。

人的移動，與毒水的擴散速度幾乎相同，這也助長了誤會。

不久後，毒水甚至流到了花里和畑野。

「在這個階段，毒性應該稀釋了不少。不管再怎麼濃烈的劇毒，也禁不起這樣的稀釋。但還是沒人想到飲水裡有毒。即使喝了毒水沒死，身體還是會出毛病。這時全村已經病的病、倒的倒，而一旦身體出狀況，原本好得了的也好不了了。」

環境一定也汙穢不堪嘛，阿龍說。

「要是我，才不要待在那種鬼地方呢。」

「然而雪上加霜的是，村子被封鎖了。沒有大夫、沒有藥、也沒有食物。村人一個接著一個死去。屍體也無人收拾。更糟糕的是，雖然已經稀釋了，但水裡還是有毒。」

所以我才說慘啊，柳次說。

「從沒聽過這麼慘的事。」

「是啊。」

死了百人以上。不知道有多少人是被毒死的。也有人是食物中毒、餓死及衰弱至死的。也許這樣的人還要更多。

話又說回來——

「又右衛門幹嘛要下毒呢？」

「這——不清楚。雖然不清楚動機，但只知道下毒的應該是又右衛門。」

「可是那時候他還是個孩子啊。再說，他到底是從哪裡弄到那種劇毒的——」

「當時他才十二歲，不知道是怎麼弄到毒藥的，也不知道怎麼會把它扔進井裡。可是，除了又右衛門以外——不可能有別的凶手了。」

所以。

「寬三郎殺了兩個人，這也許是事實，但委託揭穿這樁凶行的人，可能害死了超過一百人。這可怎麼說呢？只揭發一方的罪，大加譴責，這樣就算了嗎？所以——」

「才決定來個一箭雙鵰嗎？」

居然想出這麼麻煩的圈套，柳次說，站了起來。

「那溝出的傳聞，你也沒告訴委託人吧？那傢伙——好像沒發現是我跟阿龍扮的怪物。」

「我沒告訴他。我說這樁案子啊，骨跟皮完全脫開了。我覺得非得把皮骨重新合在一塊兒，否則什麼都看不出來，所以才會嚇唬又右衛門，讓他打從心底害怕。否則他都保密了十年，事到如今怎麼可能再招認？」

所以啦，阿龍揚聲說。

「他招認了是很好，我是問後來怎麼了？」

「不關我的事。我接到的委託，是揭發這村子過去的舊惡罪業。所以我該做的只到這裡。之後的事——都無關緊要。」

沒錯。無關緊要。

後來。雙方在荼毘原吐露罪業之後。

惡鬼——寬三郎衝上土塚，將又右衛門——

然後惡鬼自己也——

自戕了。

「接下來那和尚會收拾善後吧。他是個明理人。那個和尚的話，不管是利用謊言還是手段，總之他知道該怎麼安撫村人。我猜，他應該會辦場盛大的葬禮吧。」

林藏不懂當時寬三郎為何要殺了又右衛門。因為他是可恨的又兵衛的兒子嗎？因為他殺了一百多人嗎？或者因為寬三郎是惡鬼？那麼，那個惡鬼為何連自己都給殺了？是為自己的罪懺悔嗎？還是對什麼絕望？

又或是。

沉眠於墳塚的眾多死人逼他這麼做的？

「所以囉，都無所謂了。人呢，」

畢竟人是參不透的，林藏說道，站了起來，仰望夏季的天空。

豆狸

據傳
濛濛細雨夜
此物
披陰囊出
尋覓酒食

——繪本百物語・桃山人夜話卷第二／第十

【壹】

那應該是豆狸吧？善吉說。

「豆狸？」

那是什麼？

哎呀，豆狸就是狸子啊，善吉目瞪口呆地說。

是——狸子嗎？

「喂喂喂，這樣人來人往的大街上，哪來的狸子？狐狸之類的野獸，是住在荒郊野外的。唔，要是沒東西吃，或許是會跑來人住的地方，但這兒離山那麼遠，又沒有森林。狸子這種東西——」

「東家果然是江戶人吶。」善吉笑道。

「又說這種話。我的確是江戶出身，但離開江戶已經二十幾年，定居上方也有八年之久了。看在你們眼中，確實是外人，但我已經準備埋骨此處，所以——」

不是這意思啦，善吉說。

「我們可沒拿東家當外人看。那太見外了。喏，東家就是這種反應，才會被說是江戶人啊。」

「還說。」

與兵衛一本正經地說，結果善吉破顏哈哈大笑。

「不不不，會說東家是江戶人的，多是初見面的人吧。認識東家的，沒有一個會這麼想。不過不清楚東家的人，也許是會誤會吧。」

「怎麼會？」

口音啊，善吉說。

「東家說的話，不是上方口音嘛。」

確實。

不管經過多少年，就是改不了這口江戶腔。

「噯，沒辦法吧。坂東（註1）地方的人都說上方話刺耳，但要咱們來說，那才是反了呢。聽人罵『傻瓜』，笑笑也就罷了，但聽人罵『混帳』（註2），就忍不住要動氣，覺得好端端的，你罵什麼人呢？」

是這樣的嗎？與兵衛想。

「是我這口音不好嗎？」

「所以說，這回的事，不是口音的問題啊。說到豆狸，這地方大夥都知道。特別是做酒的，應該無人不知，無人不曉。」

「我已經幹了八年的酒行買賣。」

「是的，多虧東家經營得好。」
「但我不知道什麼豆狸。」
「是啊。」
也不是非知道不可的事嘛，善吉說。
「不是非知道不可的事，但每個人都知道嗎？」
「唔，是啊。那雖是狸子，可是怎麼說，是東邊的人所謂的——喝嗎？叫什麼來著去了？」
「喝？你是說貉嗎？」
「對對對。」
善吉露出「說得好」的表情，一口氣喝光斟了滿杯的酒。
善吉是泡番（註3），嗜酒如命，甚至大發豪語，說他真想把自個兒釀出來的酒全部喝光。
「貉就是狸，對吧？」善吉說。
「呃，一樣嗎？我記得聽說過不一樣，但也沒有比較過。管它是貉還是狸，街上都看不到

註1：坂東是關東地方的古稱。東國。
註2：日語輕微的罵人詞彙中，關西慣用「阿呆」aho，語感較柔和；關東則慣用「莫迦」或「馬鹿」發音皆為baka，語感較強烈。
註3：泡番是日本酒的製程中，負責看守酒醪的人員。必須隨時以工具除去泡沫，以免發酵的泡沫溢出桶外。

吧？動物跑得快，又都是在夜裡出沒，我從沒仔細瞧過。」

只是稱呼不同，又或是不同的生物，與兵衛也不清楚。也許是同一種生物，不同的土地有不同的稱呼；也可能是外形相似的不同動物。又或許像出世魚（註4）那樣，依成長時期而有不同的名稱。但即便是，他也不清楚基準在哪？

不過，總之是混淆在一起了。

管它是狸還是貉，都差不了多少吧，與兵衛答著。

「都沒差。」

「這樣嗎？那，豆狸就不是那貉了。豆狸很小。」

「很小——？」

寫做「豆狸」，善吉說明字怎麼寫。

「說到『豆』字，就是小的意思嘛（註5）。」

「意思是，那是小狸子？」

「不，不是幼獸。唔，看上去也許就像隻小狸子——不過應該不是。每一隻都很小。」

「換句話說，是跟一般的狸子不同種類的動物嗎？以狗來說，就類似柴犬和狆犬的差別？」

是種類不同嗎？善吉盯著茶碗說。

「應該是動物沒錯，據說都跟小狗差不多大小。」

「據說？」

「我自個兒——」
也沒親眼瞧見過啊，善吉說。
「什麼嘛，你說每個人都知道，自己卻沒見過？」
「知道跟看過是兩回事吧？」
「可是——」
「就像惠比壽神，每個人都知道，但我可沒見過，東家也沒見過吧？大黑神和弁天女神（註6），我也沒見過。」
弁天女神我倒是務必想拜見看看啦，善吉笑著說道，再給自己斟了一杯。
「不過，七福神每個人都知道不是嗎？就是這麼回事。」
「是——那類神佛嗎？」
「唔，豆狸也算那類東西。所以嗯，跟現實中的狸子不一樣吧。但也不是神佛或妖怪。」
那，是會變身作怪的東西嗎？
與兵衛這麼問，善吉應道：沒錯，會變身。
「會變身作怪。不過，狸和貂也一樣會變身搗亂吧？所以，嗯，雖是這樣沒錯，但說豆狸是

註4：日本有些魚類，如鱸魚、鰤魚等，依不同的成長時期和大小，各有不同的名稱，這些魚便叫出世魚。
註5：「豆」字在日文中，有形容小型之意。
註6：以上三神皆為日本七福神，其中弁天為天女形象。

妖物，也教人覺得不太對。要說的話，唔，是啊——」

善吉張望了泥土地一會兒，「啊」了一聲。

「喏，跟狐狸同一類的東西，不是有種很小的嗎？那叫什麼去了？我之前看過。街頭賣藝的，打扮得像修驗者（註7）的大叔，讓那玩意兒在竹筒裡進進出出。」

「管狐嗎？」

「就是那個！」

善吉拍膝，說「東家真是見多識廣」。

「但我就不知道豆狸。」

「這也是沒法子的事。就算見多識廣，也沒法無所不知。那管狐呢——」

「那不是一般的動物吧？」

管狐應該是附身物——也就是護法、式神之類的東西。

「那東西——怎麼說，會憑附在人身上作惡，或相反地帶來財富，或占卜未來對吧？嗳，那應該都是假的啦。你看到的拿管狐表演的那些人，也都是騙子。」

「不，豆狸也會憑附喔。」

「是嗎？」

「喔，不是隨便附在什麼人身上。如果對豆狸使壞，豆狸就會附在那人身上。東家也知道，我在來到這酒坊前，是在伊丹做學徒。」

伊丹是知名的產酒地。

「那裡的夏居，有一天忽然下落不明。少了個人很不方便，但不管怎麼找，就是找不到人去哪了？」

夏居是在酒坊打雜的下人。

「大夥猜想，那人應該是厭倦工作，開溜了，沒想到在第四天，人忽然找著了。東家，你猜他人在哪？」

「我哪曉得？」

「他啊，居然躺在酒坊深處沒使用的空桶子裡頭呢。而且還像這樣嘴巴張開、兩眼無神。完全痴呆了、傻了。也不能讓他就那樣躺著，大夥便把他給拖出來，結果——」

發現他身上有個腫包，善吉說。

「腫包？撞到頭了嗎？」

「不是那種腫包，而是皮膚底下有東西。」

「有東西？」

「是。那是從毛孔裡面鑽進去的嗎？若是從口鼻進去的，就只能從屁眼出來了嘛，跟吃下去

註7：修驗者是在山中修行，行密教儀式的修驗道之修行者。通常不剃髮，戴兜巾，穿袈裟，負芨，佩念珠，持金剛杖及法螺。

沒兩樣。喏，小孩子不是老愛鑽進被窩裡頭玩耍嗎？就像那樣鑽來鑽去。」

「你說腫包嗎？」

「對，腫包。」

這未免太古怪了。

「在皮膚底下嗎？」

「對，皮膚底下有什麼東西，不停地鑽來鑽去。大夥都不知所措，大傷腦筋，尋思這究竟是怎麼一回事？不知道是該找大夫還是叫和尚，該給他吃藥還是拜神祈禱。不過仔細一問，才知道這傢伙好像在船場吐了口水。」

「怎麼這樣呢？」

船場是用來榨酒醪的酒槽。

萬一口水跑進酒槽裡，所有的酒都要給糟蹋了。

「很糟糕對吧？這是絕不能容許的事。然後呢，大夥就想，原因應該就是這個。」

「腫包──的原因嗎？」

「是。除了這以外，再沒有別的可能了。所以大夥便一起跪拜賠罪，祝禱說：實在對不住啊，下回再也不敢了，請原諒他吧！」

「慢著。」

與兵衛也非常清楚，吐口水是在酒坊工作的人絕不該有的行徑。幹了壞事，受責是天經地義。但即便如此，始作俑者以外的人——

「向誰賠罪？」

「豆狸啊。」

「怎麼會是這樣？」

「豆狸呢，東家，就像是酒坊的守護神。甚至說只要有豆狸，就能釀出好酒來。」

「是——這樣嗎？」

「天曉得。若說只是迷信，那也就這樣了，但灘那邊的人似乎都這麼說。所以囉，雖然不曉得那到底是動物還是什麼，但對咱們釀酒的人來說，豆狸是很重要的。然後那個時候也是，大夥說會蓋座祠堂祭祀豆狸——」

那腫包一下子就消了，善吉說。

「哦，雖然也有人說那腫包消失時，有什麼東西從那夏居的指尖滲出來，積在泥土地上，化成狸子溜走了，不過我是沒瞧見啦。所以說，豆狸可不是一般的動物。豆狸呢，跟山裡頭的動物狸子是不一樣的東西。」

「酒坊裡有豆狸？」

祭祀的話就有，善吉說。

「噯，說是祭祀，豆狸也不是真正的神明。所以就類似那種小狐狸的、管——」

「管狐嗎？」

「對對對，我覺得應該就類似那東西吧。畢竟豆狸也會憑附在人身上。」

聽他這麼一說，或許是相近的東西。

「畢竟也發生過那樣的事。不過嗯，實際上應該是棲息在街上某處的小動物吧。或許也有可能在酒坊定居下來——也聽說過豆狸會惡作劇。」

「會偷吃東西嗎？」

「也不是偷吃，據說會製造莫名其妙的怪聲。這也是我在伊丹做學徒的時候聽說的，豆狸會開門、拔掉酒桶的栓子、滾動淺木桶等等——」

「那不是很嚴重嗎？被這樣亂搞，生意都甭做了。」

只有聲音啦，善吉笑道。

「只是傳出那樣的聲音而已。但是實際過去一看，什麼事也沒發生。所以才說是惡作劇。」

這未免太教人頭疼了，與兵衛說，但泡番一本正經地回道：就算頭疼，據說有豆狸，才能釀出好酒。

「所以人們才會對惡作劇睜隻眼閉隻眼啊。」

「可是——」

與兵衛一時難以置信。

東家不信呢，善吉識破說。

「東家是苦過來的，對這類怪力亂神之事應該難以相信。我自個兒也並非深信不疑。不過大夥都因為豆狸而受惠良多。像灘、伊丹，這些地方不是日本數一數二的名酒產地嗎？那邊的酒坊都這麼信奉豆狸，卻說不對、沒那種東西的話，豈不是太迂腐了嗎？」

「不，唔——」

與兵衛也不是否定。

「類似小狸子的東西，應該是有吧。不是在山上，而是人住的鬧區某處。就是真正的狸子，也時常出沒在人住的地方嘛。路上雖然看不到，但那也只是因為狸子不會大白天傻傻地在馬路上閒晃罷了。就像東家說的，狸子是在夜裡活動的。我想豆狸也是一樣的。然後那豆狸應該會偷吃蒸米吧。隆冬時節不是會用甑嗎？剛好在山裡沒食物的季節蒸米，所以豆狸跑來偷吃了吧。然後酒坊裡頭又溫暖，所以有時候會像老鼠一樣住了下來。」

若是這樣，或許也是有的。

「既然住下，當然也會弄出些聲響。一有聲響，人就會誤會。就是這樣的累積形成的傳說吧。」

應該就是吧。

不管是老鼠還是貓，小動物會在家中製造各種聲響，經常讓人誤以為是別種聲音。簡而言之，就是誤會一場。

此外，有些地方傳說土地裡有蛇棲息，就能累積財富；也曾聽聞有人將古怪的東西祭祀為屋神。狸子亦是，四國一帶似乎常有人祭祀，這一帶的戲屋子也設了狸宮，將狸祭祀為某某大明神。所以應該是有這種習俗。

就像善吉說的，那小型的狸子住在鄉鎮附近，為了覓食而靠近酒坊，有時也會定居下來。而人們沒有將它當成害獸驅逐，而是加以祭祀、共存，這本身是有可能的事，應該也不是壞事。

可是。

「我說阿善啊，這我懂了。有種叫豆狸的、疑似有些神通力的小動物，被人視為釀酒的守護神而喜愛——這也就罷了。不管是灘還是伊丹，總之這是西邊的傳說。江戶出生的我不知道，也是情有可原，也沒必要特地說明。可是啊，不管怎麼看，我都看不出這跟這次的事有什麼關聯啊？」

「這事暫且擱下——」

善吉詭笑了一下，斟滿了酒。

他究竟喝了幾杯？真是個大酒桶。

善吉平時就紅光滿面，而酒坊處處瀰漫酒味，所以完全看不出他究竟是不是喝醉了。

「我說東家啊，這家酒坊是我的驕傲。噯，自賣自誇未免不害臊，不過起碼這家酒坊的酒真正美味，不輸伊丹。是米好，水也好。這裡的井水不硬也不軟，是最適合用來釀酒的好水。當然，釀酒的工夫也沒話說。」

善吉舉起臂膀說。

「不過呢，東西雖好，做起生意卻似乎總有那麼點不在行。上代東家是個好人，受人愛戴，

但也因為這樣，沒什麼欲望，少了種向前衝的氣概。我們每一個都很尊敬上代多左衛門老爺，卻也對這樣的狀況焦急萬分。」

善吉將杯中物一飲而盡。

與兵衛今天連一杯都沒喝。

「然後，東家繼承了這家酒坊，結果生意一下子興旺起來了。從京都、江戶，各地都有人來買酒。咱們的酒是口碑載道。上次不是還有客人特地遠從越後（註8）來買酒嗎？那個時候我也在，客人稱讚新竹的酒真是好酒，喝過一次就忘不了，我聽了都感動流淚了。」

這全多虧了東家，善吉行禮說。

「等等，阿善，聽你那口氣，怎麼像是在說我是個貪婪無比、不受愛戴的傢伙？」

「嘿嘿嘿。」

這就先別計較——善吉說，緊接著擺擺手說開玩笑的。

「東家當然備受愛戴，要不然上代也不會指名要東家繼承。上代可是把店和酒坊全傳給你了。」

「那是——」

那只是情非得已。

註8：越後是日本古時行政區域，相當於現在新潟縣。

「不，沒有一個人反對不是嗎？這就是不折不扣的備受愛戴。所以囉，東家不是貪婪，而是力爭上游；不是不受愛戴，而是有生意手腕。」

瞧你，把我捧成這樣，與兵衛說，善吉應道：這當然該捧。

「多虧了東家，愈來愈多人來買咱們的酒了。咱們新竹的酒雖然不像伊丹酒那樣天下聞名，但名號甚至傳到大坂近郊之外了。」

「是啦，我也希望讓更多的人喝到咱們的酒。再怎麼說——都是釀酒的人工夫了得啊。」

「哎唷，捧回來啦？噯，這我倒是不謙虛啦。然後呢，東家，這家酒坊，過去都沒有豆狸不是嗎？」

既然老闆與兵衛都不知道了，應該是沒有。

「之前我也說了，豆狸只會住在美味的酒坊裡。所以一定是聽說了咱們新竹的酒有多美味——」

「跑來嚐嚐是嗎？」

應該就是吧，善吉再次笑逐顏開。

「已經連續兩個月了吧？現在應該正在定期來鑑定酒的好壞吧。」

「鑑定好壞？——阿善，你是說那豆狸偷溜進咱們酒坊，在評鑑咱們的酒？」

「不是偷溜進來，是拜訪。」

「你說狸子嗎？」

「豆狸啦。豆狸來品嚐酒，要是不好喝，就這麼算了，沒有下次；但如果好喝，就住下來——也就是讓這家酒坊興旺起來。」

「這、這簡直太傻了嘛。」

住了許多年，口音怎麼也改不過來，與兵衛卻只學會了罵人「傻」。

「我哪兒傻了？」

「不，我不是在說你傻。再說，少掉的又不是酒。這——」

不可能是豆狸幹的，與兵衛想。

【貳】

應該是豆狸吧，林藏說。

「連你也這麼說？」

「是啊。」

林藏是在大坂某處做帳屋生意的。

他面孔白淨，五官清秀，約半年前開始，每個月會來光顧一兩次，是死忠客戶。由於為人有趣好相處，很受店內女傭們的歡迎。

不知不覺間，與兵衛也和他熟稔了起來，最近甚至成了棋友，切磋棋藝。

林藏每次來，總是稱讚新竹的酒有多美味、是絕品。據他說，那口感教人無法招架。也許只是客套話，但他說再也喝不下別家的酒，特地上門來買，想來應該也不全是謊言。不過據林藏的說法，他經常得為了生意等等四處跑，來到附近時，就會順道光顧。與兵衛不知道帳屋生意是否需要這樣各地走動，但也沒道理懷疑人家，因此未曾深入打探過。

與兵衛是不經意地提起的。

關於店裡發生的怪事——

不，也不到怪事的程度。

「可是——」

「也沒別的解釋了吧？」

「是嗎？」

「老闆說帳目對不上吧？那——就只有這個解釋囉。」

「在這裡——在上方是這麼解釋的嗎？」

不只有上方而已，林藏說。

他一手捏著棋子，正在長考當中。眼睛死盯著棋盤看。

「別看我這樣，我也在江戶待過一陣子。江戶也有類似的傳說。」

「有嗎？我——我十四歲就離開江戶了吶。在朱引（註9）外頭四處闖蕩，後來待在美濃。

我不太清楚那豆狸的傳說。」

不全是豆狸啊，林藏說。

「不是嗎？」

「喏，就是買酒小廝的傳說。小雨淅瀝的夜晚，有個小廝上門沽酒，結果那其實不是人——老闆聽說過這樣的傳說嗎？」

「小廝——？」

就孩童啊，林藏說。

孩童啊——

「跑腿的小廝其實不是人，只有這部分固定不變，至於那是什麼，每個地方說的都不一樣。有些地方是河瀨，有些地方是狐狸。喏，最近還有叫豆腐小僧（註10）的。」

與兵衛說他沒聽過。

「老闆不讀黃表紙那類的嗎？唔，上方或許滿少見的，不過有段時期，很流行那個叫豆腐小僧的。豆腐小僧捧的是豆腐，不過會來沽酒的，應該是狸子。至於這一帶，就是豆狸。只是這樣罷了。」

「這些都是一樣的東西嗎？」

註9：朱引指江戶的範圍。由於在地圖上以朱線圍起標示，故有此稱。

註10：豆腐小僧是日本傳說中的妖怪，形象為戴竹笠，手捧托盤，端著豆腐的孩童。經常出現在江戶時代的讀物。

應該一樣吧，林藏心不在焉地說，做出放棋子的動作，伸出去的手卻又縮了回去，就像是回心轉意。

「不，說不一樣，確實不一樣，但做的事情是一樣的。喏，老闆沒看過嗎？拿著帳本和酒瓶，頭戴斗笠的狸子畫像。」

「畫像——？」

依稀有印象，但並不真確。

「嗯，雖然外貌是人類孩童，但因為是別的東西變的，總有些不對勁的地方。身上衣衫襤褸，斗笠也破破爛爛。再說，那畢竟是野獸。狸子的話，雖是小狸子，那話兒也——」

「那話兒？」

「就、嗳，直截了當地說，就是那八疊（註11）大的玩意兒啊。」

「你是說睪丸嗎？」

「也不是睪丸，應該說是卵袋。」

「可是，真正的狸子卵袋沒那麼大吧？那是假的吧？」

「是啊，應該是假的。那是怎麼說的去了？據我聽說，金箔就是用狸子的皮裹起來製成的。應該是用搥打的方式延展，拿狸子的皮裹住金子粒，搥呀打地，把金子愈搥愈薄。」

「你是說能延展到八疊大？雖然常聽說『金八疊』這樣的形容——可是林藏先生，那也得要看金子的量有多少吧？」

是啊，林藏答道，總算放下棋子。
「還有，狸子皮似乎也很適合做風箱喔。」
「風箱？——哦，我不是很清楚，不過風箱是用毛皮包裹住箱子裡的板子嗎？」
「是啊。風箱的皮，用的就是狸子皮。據說它首重不透氣。」
「這又怎麼了？」
與兵衛下了一子。
林藏蹙起眉頭，說：真是比不過老闆吶。
「煉鐵的時候也少不了風箱對吧？熔鐵用的是更大型的腳踩風箱，那用的也是狸子皮。狸子皮夠堅固，禁得起反覆伸縮吧。」
「或許吧。」
「這能伸能縮，可是關鍵所在。那風箱最早的形式很簡單，雖然一樣是像這樣推擠送風，不過囤積空氣的地方只是個袋子。是皮袋。那好像最好也用狸子皮來做。」
「我不懂，這有什麼關聯嗎？」
「既然是袋子，就會膨漲啊。靠著膨漲和萎縮來送風。狸子皮可以漲得很大。像這樣呼、呼地膨漲，膨漲到八疊那麼大。」

註11：疊是計算榻榻米的單位，一疊為一張榻榻米。

「不不不，卵袋哪裡會膨漲？」

「一般是不會膨漲。要是膨漲可不妙了——那可是疝氣病啊。」

「是啊。」

好像有叫這名字的病。

據說會讓卵袋腫脹成好幾倍大。

「疝氣是——唔，我也不曉得怎麼會患上這種病，不過肯定教人大為頭疼，但是像叫化子之流，據說有些人會拿它來當噱頭。」

「噱頭——？」

「喔，就是拿來擺露，讓人看那腫脹的患部，藉以乞討。嗳，不管是病還是什麼，只要能弄得到銀兩，什麼都要拿來利用。說起來是很下賤啦。」

「這跟狸子又有什麼關係？」

「是沒關係。不過這些人會像這樣，打扮得髒兮兮地乞討。戴個破斗笠、一身襤褸，雖然是人——」

「但看起來也不像人，是嗎？」

「也不是看起來，應該就是故意裝神弄鬼吧。人的話就是病，不是人的話——」

「就是狸子嗎？」

就是狸子呢，林藏歌唱似地說，在棋盤放下一子。

「噯，那豆狸也是狸，所以雖然各地不同，但據說也是拖著那八疊大的玩意兒，披在頭頂上。」

「披在頭頂上？」

與兵衛笑了出來。

「那一定很滑稽。」

「沒錯，就是滑稽畫啊。」

原來如此。

與兵衛看過的狸子畫，就是一種滑稽畫。

畫上的狸子手裡抓著一本流水帳，頭上戴著斗笠。

「也就是怎麼樣？林藏先生，你是說那所謂的豆狸——也是假的、是滑稽畫嗎？」

「那些東西都是假的吧。」

林藏微笑說。

唔，任誰來想都是假的吧。

「可是啊，咱們店裡發生的事是事實。是真實發生的事。總不可能是假的滑稽畫在作亂吧？」

「喔。」

林藏重又坐正。

「嗯，八疊大的狸子應該是假的。不過就像之前我也說過的，這類傳說在各國各藩、家家戶戶流傳，所以一定是有某些事發生。正因為有什麼，也才會出現這樣的怪談。始作俑者是鼬鼠還是狐狸，各地不同，是因為搞不清楚究竟是什麼在搗鬼吧。只是在這一帶，它被視為是豆狸惡作劇罷了。」

「啊，這樣啊。所以——」

所以我才會跟老闆說是豆狸，林藏說。

「既然發生在這裡，那就是豆狸搗鬼。不過究竟是不是豆狸，並不重要。」

「意思是，不管怎麼稱呼都無所謂嗎？」

「是。應該都無所謂吧。管它是猴子還是河童，幹的事情都一樣嘛。」

是出門跑腿，林藏說。

「在各種跑腿差事當中，也固定是——」

沽酒嗎——？

「是啊。有不是人的東西來沽酒。來沽酒的時候，模樣——」

是孩童。

「孩童啊——」

「是。天真無邪的孩童被父母吩咐來打酒。因為是幼童，即便言行有些奇怪，店家還是會賣給他。而且也不是一次買上好幾升，提來的酒瓶，頂多只裝得下一、二合（註12）。然而總有些

不大對勁。因為自從那孩子來買酒之後——帳就對不上了。」

沒錯。

錢少了。

「只是零頭，不是少了好幾兩。不過即便只是少了一兩文，每天帳目都對不上的話，那可就另當別論了。然後，有天店家發現，賣了那孩子多少酒——」

帳就短少多少錢。

一樣。

「那是——孩子嗎？」

「是——孩子吧。噯，因為是孩童，所以怪談裡頭也才會說，褪下怪物的皮一看，原來是隻小動物。就算是狸子幹的，也是小狸子。不管是河獺還是鼬鼠，體型都很小啊。據說豆狸也很小不是嗎？」

記得說是——小狗左右的大小嗎？

「來跑腿的——」

是小廝，林藏說。

「這部分應該是一種套式，每個地方都一樣。所以老闆這兒也是——」

註12：合為日本酒容積單位，一升為十合，一合約〇・一八公升。

「有小孩──」

有小孩來沽酒嗎？

「不不不，先慢著，林藏先生。」

什麼事？林藏停住把玩棋子的手。

「那全都是虛構的傳說吧？你不也這麼說嗎？」

「您怎麼還沒聽懂呢，老闆？我說的是，那始作俑者是虛構的。每個地方流傳的故事情節都一樣，始作俑者卻彼此迥異，這十分可疑。但發生的事象，是另當別論。」

「你是說──那些事是真的？」

事實上這兒不也發生了一樣的事嗎？林藏笑問。

是這樣沒錯，但──

「應該真有這一類的事情吧。然後人們對它進行各種解釋。」

「是這樣──嗎？」

孩子啦，重點是孩子，林藏趁勝追擊似地說著。

與兵衛討厭孩子。孩子──

孩子──

「孩子啊──」

「對啊，孩子。喏，不論任何情況，人們對孩子總是比較寬容。再怎麼說，都只是小孩子跑

腿嘛。錢也是，他們連要買的東西多少錢、自己帶了多少錢都糊里糊塗。畢竟他們只是捏著父母塞給他們的銅子兒，來買交代的東西而已。賣的人也是，一點零頭，折給小孩也無所謂，也不會多加計較。畢竟小孩子很可愛嘛。」

沒錯——

孩子很可愛。所以。

「老江湖的商人姑且不論，這要是年輕的下人，應該不會跟小孩子計較。不過，這沒法子當成帳目不合的藉口呢。下人不敢實說來買東西的是個可愛的孩子，所以給他打折，即便說了，也不成理由。」

「唔——」

確實不成理由。

會挨罵的，林藏說。

「就算是老闆您，也會罵人吧。即便上門的是童叟，又沒人跟你殺價，哪有平白打折的理？商人又不是和尚，你當是在施粥嗎？您應該會這麼訓個幾句吧。」

應該吧。

「一次的話，還可以當成是搞錯了，但要是連續個幾回——這可無法輕饒。但下人應該也不想自掏腰包墊酒錢，這樣也太蠢了。於是——」

乾脆說成是遭到鬼怪捉弄好了，林藏說。

這個解釋也不是無法接受。

「也就是你說的豆狸嗎？」

「是啊。這次的事，怎麼想都像是豆狸幹的好事，所以我忍不住猜測，也許背後有著這樣的緣由。」

「原來如此啊。」

「老闆有聽說錢盒子裡頭放了些什麼嗎？」

「放了些什麼？什麼意思？」

「喔，如果偽裝成狸子幹的好事，就得布置出被捉弄的樣子來才成。既然如此——是啊，應該會放進樹葉、果實之類的東西吧。」

「喔。」

因為要布置成被騙的樣子嘛，林藏說。

「鄉野傳奇裡頭不是常有嗎？喏，一分銀變栗子，金幣變枯葉的情節。」

「是那個嗎？以為在泡澡，其實泡在糞坑裡；以為是紅豆麻糬，結果吃的是馬糞。」

就是這些，林藏笑道。

「沒有這類事情嗎？」

沒有。

或者說——

「唔，我只聽說營收帳目不合——」

「像貴店這樣的酒坊兼酒肆，應該幾乎都是批發，交易也多是大宗，所以怎麼樣都會把重心放在那兒，不過——喏，也有像我這樣的小客戶呢。」

你總是買個好幾升，與兵衛說，林藏哈哈大笑：有什麼辦法？就是想喝嘛。

「即使是小宗的客人、來喝一杯的客人，客人就是客人。不管是買酒還是喝酒，一樣是付了錢再走。記得老闆是說，上個月和這個月，短少的金額都一樣？」

「沒錯。金額非常不上不下，這奇妙的短少持續了三個月，而且連尾數都一模一樣，所以我忍不住覺得奇怪——」

「別看月總數，把金額除以日數看看。我猜應該是一合或五合，小酒壺或酒瓶容量的酒錢。那——」

不上不下的金額——

其實，新竹的零售買賣不多。

少歸少，卻也不能輕忽。而且營收日漸成長。

聽到口碑，自遠方而來的客人，不會一開始就大手筆買賣。

有些是附近居民，想在晚飯配上一杯，或家有喜事，需要的時候提著酒壺來打酒；也有些貌似偶然路經的生客。這樣的客人，不可能會大量買酒。

但是就像林藏說的，這些一樣是貴客。

此外，也有些人想要喝個一杯，要求就在店頭喝。

店裡當然不會拒絕，照樣倒酒給客人。也因此店頭還模仿茶屋設了看板，這陣子生意頗為興隆。雖然費工夫，利潤也不多，但這樣的客人，有時可能搖身一變，成為大客戶。

也有人說，這全要歸功於與兵衛的無微不至，以及不惜餘力的付出。

確實。

與兵衛很努力。他拚命工作，但不認為自己做了什麼特別的事。上代多左衛門的口頭禪是：賣酒的門檻要高，買酒的門檻要低。他並且教誨說，無論如何都不能降低商品的質，對任何客人都要誠心誠意。與兵衛只是憨直地遵守他的遺訓罷了。

「老闆對待客人，總是不分貴賤，同樣地殷勤周到。所以就連我這種不入流的客人——也成了常客，就像座墊上的貓，賴著不走了。」

「座墊上的貓，這比喻還真是妙——噯，我確實對店面的業務不怎麼關心。不過唔，從帳目上來看，應該是店面小賣的疏失吧——」

去問問吧，林藏說。

「老闆向來關心下人，也很受下人愛戴不是嗎？所以我也才能像這樣和老闆成為棋友。對了，要問這些事的話，應該要找小夥計之類的，而不是問掌櫃——」

「嗯，我知道。」

應該就像林藏說的。

這種事，即使盯著帳簿上的金額打算盤，也看不出什麼端倪來。等到月底結帳，再吵著短少多少也不是辦法。這應該是每日少許的誤差累積而成的古怪金額，既然如此，也只能找出造成這些許誤差的源頭了。

俗話說，擇期不如撞日。

「林藏先生，這樣好像贏了就跑，真是過意不去，不過這場輸贏，就留待下次吧。我先——」

快去吧，林藏說。

「不麻煩招呼了。」

「可是，呃——」

「老闆掛心不下吧？這樣的細心，就是老闆的優點。嗯，商人愈細心愈好。別瞧我這樣，我也是經商的，平日就一直想向老闆多學習幾招呢。」

那麼你請慢坐，與兵衛留下這話，起身前往店面。

距離打烊，還有約莫一刻（註13）鐘的功夫。

經過長廊，穿過泥土地間。

這是家大店。

註13：江戶時代的一刻，約相當於現代的兩小時。由於是將晝夜各分為六等分，故一年四季長度各異。

不，以自產自銷的酒坊而言或許算是小店，但對與兵衛來說，是一家大到他自覺匹配不上的店。

這家店交到他手上時，他不知所措。

重擔壓得他憂鬱難當，失眠了好幾日，甚至煩惱到想要上吊。自己這種蠢物，有辦法勝任大店主人的職責嗎？——不，別說能力了，自己真的可以答應下來嗎？

這是能夠容許的事嗎？

對大舅子、大舅子一家。

還有妻子。

那孩子。

他對得起嗎？

他煩惱了一個月以上。

說服與兵衛的不是別人，就是上代多左衛門。

——不是因為只剩下你了，才傳給你的。

——而是非你莫屬，我才託付給你。

——我相信你的能力。

——拜託。算我求你了。

即使不願意、即便做不來，也只能硬著頭皮做了。

與兵衛一接下酒坊，多左衛門就害了病，撒手人寰了。
已經沒有後路了。
與兵衛繼承了這家店。
這家大店。
鋪上紅毛氈的長板凳上，坐著熟識的老人家。這老人總是在寅日光顧。
應該已經來了三、四個月了。
老人手捧茶碗，望著馬路。
記得他名叫文作。
與兵衛從後方招呼道：多謝惠顧。
老人嚇了一跳回頭，整臉皺成了一團，親熱地笑。
「哎呀，是老闆啊。」
老闆好，老人垂頭行禮。
「噯，我又跑來喝酒了。這兒的酒實在太美味了。」
老人打從心底津津有味地說。您謬讚了，與兵衛行禮說，讓文作惶恐不已。
「啊，這怎麼敢當？老闆不必對我這種不足掛齒的小客人獻殷勤。光是像這樣坐在這兒小口品嚐，我就既開心，又感恩——」
老人說完後，再次望向馬路。

「噯，就因為老闆為人這麼謙虛，這家店也才能這麼興旺吧。當然，也是因為酒好——不，光是酒好，不可能博得這樣好的名聲。不只是老闆，從小夥計、小廝到店裡的大姊，每一個待人都這麼親切，所以才會連那樣一個可愛的小孩兒都成了死忠客戶——」

「小——小孩？」

與兵衛將身子探向馬路張望。被遮陽簾擋住，看不清楚。

「你說小孩怎麼了？」

「怎麼了？喏，就是每次都差不多這時間上門的、頭戴斗笠、年約五、六歲的可愛小男孩啊。」

那是——

「你說他來買酒——？」

「咦，老闆不知道嗎？老闆連我這種偶爾才上門的老頭子都認得，居然不知道他啊。不過那孩子不是天天上門嗎？我每次來都一定會看到他。」

「天天——」

「店裡的人是這麼說的。喏，就是那個——」

老人把臉轉過去。

與兵衛循著他的視線望去，阿龍站在那裡。

是三個月前進來做事的姑娘。

「你說——阿龍嗎？」

「對對對，就是阿龍小姐。我就是聽她說的。那孩子長得實在可愛，又不止見過一兩次，我便問阿龍小姐這孩子來過幾次啦？結果阿龍小姐說他天天上門——」

阿龍、阿龍！與兵衛喚道。

似乎正在和小夥計說話的阿龍笑著回過頭來，一見是與兵衛在叫，表情頓時不安起來。

阿龍小碎步跑近與兵衛，雙手不知所措地絞在胸前。

「呃，小的犯了什麼錯嗎——？」

「不是——」

老闆，表情太嚇人囉，文作說。

「看到您老那麼可怕的表情，當然會以為要挨罵了。阿龍，老闆是要問剛才那孩子。」

「喔。」

阿龍也望向馬路。

從這動作可以見得——那孩子剛剛才離開吧。

「阿龍，那孩子是——」

「是，呃——」

「他每天都來嗎？」

「是，每天都來——」

「來打酒嗎？」
「呃，他都提著個小酒瓶，只買一合最便宜的酒——啊，有時候我可能多倒了一些給他，呃——」
「那不重要。他是怎麼付錢的？」
「他都把銅板用紙捻子串上，捏在手裡——」
「紙捻子上串著什麼？」
「八枚一文錢，啊，他買的是一合八文的酒。」
「在哪？」
「什、什麼東西在哪？」
收到的錢在哪？與兵衛質問。
「錢還沒交到櫃上，就在那邊的錢盒子裡——」
「錢在裡面嗎？」
與兵衛打開錢盒子。
裡頭裝了許多零碎銀錢，但。
「沒、沒有妳說的東西。」
「怎麼可能沒有？我剛剛才放進去的——」
「妳說紙捻子上串了什麼？」

「就是——」

與兵衛從銀錢裡頭——

捏起一串用紙捻子串起的八片楓葉。

「這是——什麼東西？」

阿龍瞪圓了眼睛：

「對、對不起，東家！我、我——」

姑娘似乎說不出話來了。

應該是打從心底嚇壞了。

阿龍不是個會對長上撒謊的姑娘。

這一點與兵衛也很清楚。阿龍是山科一戶豪農的女兒，透過伏見的酒坊介紹，三個月前被雇進來。因為仿照茶店改建店面以後，經常人手不夠，頗為困擾。阿龍為人機靈勤奮，即便犯了什麼過錯，也不是那種有膽子隱瞞、掩飾的人。

「——我收到的時候，的確是錢，不是這種葉子。」

停頓了好長一段空白後，阿龍才擠出聲音說。

說完後，她後退似地坐倒在地，雙手扶地，低下頭來：

「對、對不起，我真的沒有偷錢！」

「偷錢——？我又沒這麼說。妳不必道歉——」

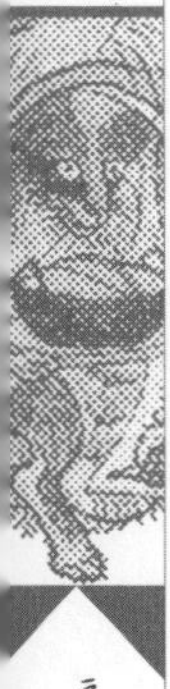

哎呀呀，文作出聲。

「原來那孩子是豆狸啊。」

「豆狸——？」

阿龍也抬起頭來。

「這是被豆狸給騙啦。噯，老闆，這是沒法子的事，不可以怪阿龍小姐啊。」

「不，我並沒有責怪她——」

不對。不是那樣。到底——到底是什麼讓我耿耿於懷？

「阿龍，那孩子——是從什麼時候開始上門的？」

「我進來這兒做事以後，他天天都來。」

天天——

那起碼有三個月以上了。

「我以為他是這裡的老常客。」

「妳、妳知道他是哪戶人家的孩子嗎？」

「這——我也沒問過——不，啊，這麼說來，對了，他說是紅葉岳山腳下溪流的——對，叫什麼盆淵的地方——」

盆——

盆淵？那是。那是。

「他、他是什麼樣子？長什麼樣？幾歲？什麼穿著？」
與兵衛抓住阿龍的肩膀搖晃。阿龍驚慌失措。
「什、什麼穿著——他穿著棋盤紋的和服，繫著三尺腰帶（註14），年紀大約五、六歲，臉蛋兒圓圓的，啊，脖子上像這樣，掛了個護身符的袋子——」
「棋盤紋——？」
那才不是什麼豆狸。
那孩子——
那孩子是亡魂。

【參】

與兵衛在江戶長大成人。
父親做的是熟食鋪生意。與兵衛襁褓的時候，家境似乎還算小康，但漸漸地生意愈做愈差，父親拋家棄子，從江戶消失了。
大概是與兵衛十歲左右的事。

註14：一種男性腰帶，因長度為和服裁縫尺之三尺約一一三．六公分長，故有此名。

也許是這個緣故，與兵衛無法明確地憶起父親的臉孔。
年輕的與兵衛做過各種行業，卻總是做不長久，結果生活無以為繼，和母親一起投靠美濃的親戚。
他在旅館工作了十年。
第八年，母親過世了。
第十年，他認識了投宿的客人阿貞。
阿貞是新竹酒坊的上代老闆多左衛門的女兒。
她和兄長一家拜訪美濃，長期停留一個月以上。
阿貞的兄長喜左衛門當時是新竹的大掌櫃。
新竹原本似乎是老闆兼杜氏（註15）的一人酒坊，但多左衛門不以此滿足，另設杜氏，將釀酒和賣酒分開，自己監督釀酒，並將生意交給兒子喜左衛門。
做為一名釀酒師傅，喜左衛門已有了完整的修練，但父親多左衛門對兒子的期許，並非他身為杜氏的技術，而是做為商人的生意手腕。
酒的評價，橫豎都是在江戶決定。
酒異於醬油，是屬於上方的。
從上方送至江戶的酒——所謂下運酒，對江戶人來說，是頂級好酒。江戶的當地酒和東國的藩造酒，無論品質如何，都被視為較遜一籌。獻給將軍家的酒，也都是伊丹酒。

上方的酒在江戶極為搶手。

與其在上方增設分號，倒不如與江戶的大酒商合作，更可以增加幾倍、幾十倍的利潤。

然而。

現狀是，下運酒幾乎都被伊丹和灘——所謂「攝泉十二鄉」的酒所寡占。特別是灘，利用其近海優勢，積極進取，現在已經占了下運酒的五成之多。

酒都是走海路。

送到江戶的酒，使用專門的樽迴船，從大坂到江戶，平均要花上二十天。「新酒番船」等特殊情形，有時用不到十天就能送達，但端看天候，亦可能花上超過兩個月。

除了海運，還有到港口的陸路。

耗的時間愈久，成本也就愈高，因此愈靠近港口的酒坊就愈有利。河內、山城、丹波、紀伊、播磨，以及尾張、三河、美濃（註16）等地的酒，雖同樣被視為下運酒，受到珍視，但無論如何，總是差了灘和伊丹一大截。

這樣的狀況，現今仍是如此。

註15：杜氏是日本酒傳統釀造師，為酒坊之最高負責人。

註16：以上皆為日本古時行政區名，河內相當於現今大阪府東南部，山城為現今京都府東南部，丹波為現今京都府中部及兵庫縣中東部，紀伊為現今和歌山縣及三重縣南部，播磨為現今兵庫縣西南部，尾張為現今愛知縣西半部，三河為現今愛知縣中部及東部，美濃為現今岐阜縣中部及南部。

九年前，喜左衛門應是試圖扭轉這樣的狀況。他召集美濃幾家小酒坊，聚首商議。似乎也安排杜氏進行技術交流。在封閉的酒業歷史中，這應該也是一場別開生面的集會。

商議進行了許多天。

這段期間，與兵衛照顧留在旅館的喜左衛門之妻美代和兒子德松，以及阿貞。

當時德松才三歲，與兵衛經常陪他玩耍。德松不怎麼愛哭，也不怕生，性情乖巧，玩得嘻嘻哈哈，是個極討人喜愛的孩子。當時——

當時的與兵衛是喜歡孩子的。

然後，他和阿貞——

他和阿貞經常一起眺望河川。

美濃的河川湍急、潔淨、深邃。

很快地，與兵衛與阿貞強烈地為彼此所吸引。但與兵衛從來沒有將愛意表現在言語或態度上。阿貞畢竟是過客。他明白兩人注定只能錯身而過。

一個月過去，一行人回去了。

再過了約三個月，多左衛門來了一封信。

內容是希望與兵衛成為阿貞的夫婿。

與兵衛驚訝極了。他訝異地再三重讀內容。這實在是椿教人一時難以置信、真正如同美夢般的好事。世上真有如此求之不得的事嗎？這是不是人家在尋他開心？與兵衛想。

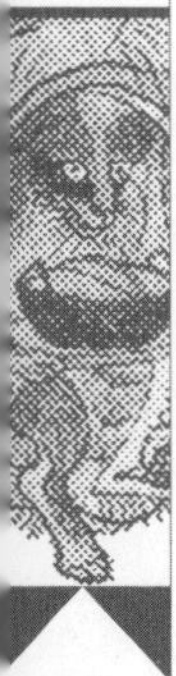

與兵衛猶豫難決，找了形同父親的旅館主人商量。主人亦大為驚奇，去信多左衛門，詢問真意。

又一個月過去。

多左衛門親自來訪美濃了。

與兵衛認為多左衛門是個威嚴十足、值得尊敬的人。

多左衛門向旅館主人低頭行禮，希望與兵衛做自己的女婿。就為了一個幫傭的、而且是攀親帶故地寄身此處、形同食客般沒用的與兵衛，多左衛門親自上門。

沒有理由拒絕。

與兵衛只是無比惶恐，詢問多左衛門：

為什麼是我？

居然要素未謀面、來歷不明的外地人做自己的女婿，多左衛門究竟在想什麼？坦白說，與兵衛實在不懂。

當時多左衛門的表情，與兵衛至今難忘。

多左衛門沒有笑，亦未曾動怒，神情溫和平靜，從容自若地說：

——我相信兒女的眼光。

阿貞說想和與兵衛廝守一生。

喜左衛門也說與兵衛夠格當阿貞的丈夫。

多左衛門說，這樣就夠了。

就這樣——被江戶拋棄，在美濃有志難伸的庸才與兵衛，成了上方酒坊的女婿。

當時與兵衛三十，阿貞十八。

接下來的三年，與兵衛極為幸福。

阿貞是個好妻子。

大舅子喜左衛門雖然年紀比自己小，卻是個知禮可靠的人，並頗有經商才幹。酒坊上上下下，也溫暖地接納對釀酒一竅不通、什麼都不會的與兵衛。

與兵衛想，只要能學的，什麼都要學；能做到的，什麼都要做。杜氏工作時，他總是目不轉睛地觀察，多左衛門也經常指導他。

與兵衛太幸福了。

兩年過去，孩子出世了。

孩子命名為與吉，是個健康的男孩。

與兵衛開心極了。

待在美濃的時候，與兵衛甚至斷了成家的念頭，而今居然有了自己的孩子，這是無可取代的喜悅。他喜上雲霄，真正開心到流下淚來。

他感謝阿貞。

感謝喜左衛門，還有多左衛門。

與兵衛打從心底發誓，要鞭策自己進步，好讓這樣的幸福永遠延續下去。

然而。

好景不常。

悲劇發生在第三年的初秋，

著手釀造寒酒之前。

與兵衛和喜左衛門兩家親子共六人，一同乘船出遊賞楓。這是多左衛門的安排，好讓他們在開始忙碌前有段家人團聚的時光，順便欣賞美景。

租了船，帶了便當，溯河而上，前往可以看見紅葉岳的谷溪。

紅葉岳顧名思義，是一座有著美麗楓紅的山。山腳邊的溪流十分寬闊，水流亦很平緩，從船上望去的景致極為賞心悅目——與兵衛這麼聽說。

因為與兵衛是外地人，從未去過那裡。

然後。

當時雖然去了，但他並沒有看到那景致。並非不記得，而是真的沒看到。後來他再也沒有去過那裡，因此也不知道是否真的很美。與兵衛所知道的紅葉岳——

是一片地獄。

溯河而上的途中很歡樂。

與吉睡得很熟，六歲的德松呵呵笑著。阿貞、小舅子夫妻也都眉開眼笑。

然而。

一抵達溪流，烏雲便滾滾而出。

一時間——風起雲布。

難道要下陣雨了嗎？與兵衛沒想得多嚴重。他只是擔心，船上有襁褓中的孩子，萬一淋濕就糟了。然而——

那並非陣雨，而是暴風雨。

天上降下豆大的雨珠，強風陣陣撲來。

還來不及繫好，船已經被大水沖走，像片樹葉般滑過了溪流。水面被猛烈的雨水擊打，開出許多洞穴又合攏，濺出水花，洶湧起伏。與兵衛只記得這些。

據說平素風平浪靜的溪水亦激烈翻騰，船隻不知是被水流攫住了，爾或受風推擠，竟朝著不該去的方向漂流而去。

要是漂回河上應該也就沒事了。

然而船竟被推往上游，接著。

乘上注入盆淵的其他支流。流速瞬間變得湍急。

船隻撞擊出水花，劇烈搖晃，滑落小瀑布，在途中翻覆了。

事情發生在一眨眼之間。

但是對與兵衛來說，是形同永恆、極漫長的時間。

阿貞被拋出去了。

喜左衛門和妻子沉入水底。

景色一個翻轉，黑水與紅葉混合在一起，大量的泡沫遮蔽了視野。

——啊。

這是天譴。

與兵衛想。自己不是可以如此幸福的人。自己沉浸在匹配不起的幸福裡頭，悠哉過活，終於報應到了。

同時他也這麼想：

這是夢。

是一場糟糕透頂的噩夢。只要就這樣睜開眼睛，自己一定身在溫暖的被窩裡。枕邊心愛的阿貞面露笑容，一旁可愛的與吉正發出酣睡的呼吸聲。

如果不是夢。

那是被鬼怪給捉弄了嗎？

是狐還是狸的惡作劇嗎？

那麼這狸子也太心狠了。

咕嚕咕嚕。

泡沫。

泡沫和水。

還有紅葉。

與兵衛把臉伸出河面，深深地吸了一口氣，看見白色的襁褓以及棋盤條紋的和服從眼前漂了過去。

啊！

不是夢，也不是鬼怪弄人。

即便這是天譴。

與吉——！

與兵衛呼喚，卻只是喝了滿口的水。

不行！不行！

即便是神佛下的天譴，是怨恨、輕蔑、詛咒、作祟，不管是什麼，那都是與兵衛該承受的。

孩子何辜？

幸好，與兵衛水性極好。

即便拿自己的命來換，也非救回孩子不可——

與兵衛想，把手伸向漂過的親骨肉。他伸手——

竟猶疑了。

那德松怎麼辦？

可以對德松見死不救嗎？

新竹的繼承人是喜左衛門。如果喜左衛門有什麼三長兩短，就該是德松來繼承。與兵衛只不過是外面來的入贅女婿，而與吉是這個外人的兒子。多左衛門的孩子是——

德松溺水了。

與吉漂走了。

與吉還小，是連話都還不會說的嬰兒，或許已經沒氣了。但是德松——如果現在伸手，是不是還來得及救德松？

不，等等。

我要拋下自己的兒子嗎？要坐視親骨肉死去嗎？我做得出這種事嗎？

聽見他誕生的哭聲時，自己是那麼地開心。與吉是那麼地惹人疼惜。我能夠對那個幼小的、一個人什麼都還做不到的嬰兒見死不救嗎？我能夠眼睜睜地看著親骨肉死在眼前嗎——？

可是。可是可是。

那德松呢？德松死了就無所謂嗎？

只要自己的兒子活命就好，大恩人多左衛門的孫子、喜左衛門的兒子死了也沒關係嗎？

宛如把人撕扯成兩半的猶疑——

只持續了短短一瞬間。

這猶疑蒙蔽了他的決定。伸出去想要救助兩邊、覺得兩邊都非救不可的手，已經什麼都抓不到了。

襤褸、棋盤紋的和服，都從視野中消失了。

然後與兵衛也就這樣——

失去了意識。

兩天後，與兵衛才轉醒過來。

結果——

得救的只有與兵衛一人。

被拋出船外的船夫和阿貞，據說撞擊岩石而死。喜左衛門夫婦溺斃，各別浮上水淵。德松和與吉沒有找到。眾人都說他們太小太輕，也許漂流到遠方去了。

據說那場暴風雨為時短暫，只持續了四分之一刻。

如果晚個半刻鐘再出發，應該就能避開此劫。應該什麼事也不會發生，大夥還一起歡笑著。

德松也是。

與吉也是。

無可取代的孩子性命。

與兵衛失魂落魄，心痛得宛如被刀子刨挖。如果就此發瘋，不知道能有多輕鬆。

多左衛門什麼也沒說。

恩人同時失去了兒女、媳婦和兩個孫子。然而——卻只有毫無價值的與兵衛回來了。

世上還有比這更教人斷腸的事嗎？

多左衛門的默默無語，愈發痛責了與兵衛。

與兵衛上吊了兩次。

兩次都被阻止了。

他茶飯不思，眼神迷茫，頭痛欲裂，心就好像死了一樣。

整整三個月，與兵衛就像個廢人。

年關過去沒有多久，多左衛門對與兵衛開口了。

多左衛門找來憔悴得像死人的與兵衛，一起去了酒坊。與兵衛想，恩人總算、總算要制裁他了。

多左衛門會叫他去死嗎？

會叫他滾出去嗎？會說要殺了他嗎？

不，只是斥責也好。與兵衛覺得即使只是痛罵他一頓，也能讓他解脫不少。

然而。多左衛門默默地向他勸酒。

斟了滿茶碗的酒液表面，不知為何看起來就像漂著紅葉的河面，令與兵衛無法忍受——

一口氣將它喝乾了。

芳醇的液體——

滲透了嘴巴、舌頭、喉嚨及胃部。

——是剛釀好的酒。

——好喝嗎？

多左衛門說。

雖然完全嚐不出味道，但與兵衛覺得這確實是杯美酒。

所以與兵衛點了點頭。再三點頭。這樣啊，多左衛門簡短地答道，然後說既然如此，你來繼承新竹吧。

——不是因為只剩下你了，才傳給你的。

——而是非你莫屬，我才託付給你。

——我相信你的能力。

——拜託。算我求你了。

與兵衛啞然失語。

他懷疑自己是不是又被鬼怪給迷騙了？

又或是在做夢。

世上哪有這麼荒唐的事？

與兵衛對親骨肉見死不救。

是坐視多左衛門的孫子死去的混帳東西。

他害死了兩個天真的孩子。

孩子——

還在襁褓的與吉。

穿著棋盤紋和服的德松。

哭喊著被吸入地獄深淵。

兩個。

兩個我都想救啊！

與兵衛好想大聲這麼吶喊。但是他發不出聲音。

與兵衛的心脫離了與兵衛，不屑地望著拿著空茶碗，像個傻子似地怔在那兒的自己。變成空殼的與兵衛完全無法思考，而脫離的與兵衛只是對著虛空，無聲地嘶吼著：與吉！德松！脫離的自己同時不斷地呼喚兩人的名字，空殼的與兵衛在心中聽著這吶喊。

花了一個月，脫離的自己才又重回與兵衛身上。

多左衛門是真心的。

——我很苦，你一定也很苦。

——這種痛，世上只有你我能夠理解。

——你慢慢考慮吧，慢慢來就好。

——如果怎麼樣都擺脫不了這苦，

——你要離開這地方也行。

多左衛門這麼說。

一個月後，與兵衛答應繼承新竹。

他覺得他無法忘記。不，他不可能忘記，也覺得不能夠忘記。與兵衛認為，他唯一能夠做到的贖罪，就是懷著這難以承受的痛，扛著它活下去。

多左衛門開心極了。

說這下酒坊也可保安泰了。

明明多左衛門的血親都死光了。

沒多久，多左衛門病歿，新竹名實皆成了與兵衛的。就好像被只是個外人、門外漢、害死孩子的殘忍的與兵衛給侵占了一般。他覺得即使別人如此看待，也是沒法子的事。

但是，沒有一個人這麼說。儘管沒有人這麼說——

與兵衛還是——

【肆】

「那才不是什麼豆狸！」

與兵衛大喊。

「那是、那孩子是——」

是德松。

是與兵衛見死不救的德松。

被浮著紅葉的漆黑濁流吞沒消失的德松。是他的外甥德松。德松——

與兵衛衝出道路。

老闆！東家！叫聲傳來。

不對不對不對。

這家店、這家酒坊，原本應該是德松的才對。

如果那時候他毫不猶豫地救了德松的話。不，如果死的是與兵衛的話。即便拋下與吉也要救德松的話。

喜左衛門的兒子德松，才是應該繼承這家酒坊的人。沒什麼好猶豫的。也為了有大恩於他的多左衛門，他應當把保住德松一命視為首要之務。他應該這麼做的。

可是可是可是。

與吉。

他也想救與吉啊！

無論如何都想救與吉啊！

結果兩頭落都了空。

把兩個都害死了。

是他殺死的。
與兵衛衝過道路。
這樣的自己。
這樣的自己，人家敬稱他老闆、東家，捧得高高的，而他竟也甘於接受，逍遙享樂，這不可能是對的。他殺了人。他殺了孩子。
因為他殺死了孩子。
他是殺人凶手。
——德松。
那個德松。
在美濃的河邊歡笑的幼小的德松。
玩賽跑跌倒哭泣的德松。
在船上咯咯歡笑的德松。
不知道漂流到哪裡——就這樣溺死的德松。
你在生氣嗎？
你在怨我嗎？
一定很寂寞吧。一定很傷心吧。
一定很苦吧。一定很冷吧。

與兵衛跑著。
紅葉岳山麓。
經過溪流的小瀑布底下。
盆淵。
——那種地方沒有人家。
他害怕小孩。
不是討厭，而是害怕。
他覺得每一個孩子都會溺水，被沖入地獄深淵。而與兵衛連一個都救不了。每個人都在哭。哭喊著好難過、好痛苦。即使眼前還在笑著，很快地，只要烏雲湧出，下一秒就——就死了啊！
孩子。
對不起，對不起，對不起。
都是我不好。我現在就去陪你們。
與吉。
德松。
連你們的屍首都沒找著。
你們一定還在那兒。我一次也沒有去看過你們。這五年。阿貞、大舅子、大嫂都死了。只有

我留下來。

時候到了。我現在就過去了。我——

這次一定——

與兵衛衝過道路，甚至連草鞋脫落了都沒察覺。向晚將世界模糊得連人臉都無法辨別，與兵衛自己也有一半融入了昏黑之中。

就像個在逢魔時刻（註17）疾馳的鬼怪。

就在夜幕覆蓋的前一刻。

與兵衛抵達了紅葉岳山麓。

應該染成一片紅的山，在月光下黝黑地聳立著；應該水流平緩的溪流倒映著夜色，宛如墨壺。

——就是這裡。

在這裡，夢與現實顛倒了。

喜化為悲，樂化為苦，徹徹底底顛倒了。

與兵衛走在山澗旁。

對不起，對不起，與兵衛誦經似地喃喃唸著，踏過青草、泥土、石礫。

不久後來到一處細流。他順著那條小溪而下。

開始聽見轟轟瀑布聲。

就在這裡——

阿貞死了。

再過去的地方。

喜左衛門夫婦死了。

胸口灼熱得像要燒起來了。

為什麼偏偏是那一天？

應該只是一點陰錯陽差吧。

阿貞的笑容浮現腦海。喜左衛門夫婦的笑聲在耳畔復甦。阿貞的懷裡——

抱著與吉。

然後一旁站著——

「德松！」

與兵衛喊著。

「德松啊！」

聲音沒有迴響，被深淵的水吸入進去。

註17：日本俗稱黃昏時分光線陰暗的時刻為「逢魔時」，亦稱「大禍時」，相信如此幽暗晦暝的時間容易遭遇魔物，或發生禍事。

「德松，你就是德松對吧？你一定是太冷、太傷心、太寂寞、太難受，才會每天回來吧？對不起，我都沒有發現。那姑娘不認得你啊。不，就算都沒有人發現，我也應該要察覺才對。德松，德松啊——」

沒有回答。

「這樣啊。你在氣我嗎？一定是吧。那麼我也過去陪你。現在就去陪你。你要罵我就罵吧，盡量罵個夠吧。好了，我現在就過去了，你可以安息了。」

與兵衛把上身朝瀑布探了出去。

「德松——」

「與兵衛——」

有聲音。

「與兵衛啊。」

這聲音是。

夾雜在瀑布的水聲裡，對岸草叢傳來呼喚與兵衛的聲音——似乎。

是錯覺嗎？還是幻聽？

「你、你是——」

「是我啊，與兵衛。」

第三次的聲音聽得一清二楚。

竹林裡浮現一個朦朧的人影。

「你終於來了，與兵衛。我一直在等你。」

「你、你是——是大舅子、是喜左衛門大哥嗎？」

很像。

聲音和身材都一模一樣。

那麼——

月光下，面龐浮現出來。

果然是喜左衛門。

「大、大哥！大哥也——」

這也是當然。喜左衛門也同樣死不瞑目。

「我對不起大哥！」

與兵衛手扶在地上，額頭抵在地面。

「對不起，大哥。我、我像這樣撿回了一條命，卻沒能救回大哥的孩子。我應該救得了他的，卻見死不救。然而我卻像這樣難看地賴活在世上，丟人現眼。就像侵占似地，繼承了應該是大哥要繼承的新竹，恍若無事地活著。」

對不起、對不起，與兵衛不停地磕頭。

「我不敢要大哥原諒我。這種話我實在說不出口。大哥——一定很恨我。我這個外人居然搶了你的位置，繼承酒坊——不，我對德松——」

對德松見死不救。

與兵衛哭了。

嗚咽抽泣著。

對不起，我對不起你啊德松，德松！他哭喊著。

「你恨我吧，對我作祟吧，大哥。要不然德松他——」

德松他死不瞑目啊！

「你錯了。」

喜左衛門開口。

「你大錯特錯啊，與兵衛。」

「大錯——特錯？」

「也許你想要有人來恨你。不過，那只是因為受人憎恨比較輕鬆。」

「輕鬆——」

「不就是嗎？你就是沒法接受自己的過錯，才希望有人來罵你罷了。不過事情可沒這麼容易。沒有人——沒有一個人怨你。」

「不，可是——」

「再說，」

喜左衛門的影子俯下頭去。瞬間，他又化成了一團黑影。那影子倏地拉長。

「我並不是喜左衛門。」

「不——不是嗎？」

與兵衛抬起頭來。

影子——

影子愈拉愈長，終於大到超越竹林。

不停地仰望影子的與兵衛向後倒去，跌了個四腳朝天。他腿軟了。

「什、什麼？這、這是怎麼回事？你、你不是大哥嗎？」

「不是。喜左衛門已經死了。」

「沒錯。可是——」

「他已經死了。聽著，喜左衛門老早就死了。我呢，與兵衛，我只是借用了喜左衛門的外貌和聲音罷了。」

「借用——」

「對。我變成了他。因為他死在這裡，就溺死在我面前。」

「你、你面前？那——」

「那天，颳起那陣天狗風（註18）時，我就在這兒。不，我一直都在這兒，從頭到尾看在眼裡。」

「看在眼裡——」
看見什麼？
你到底看到了什麼？
黑影笑了。與兵衛覺得。
「看到了你。我一直看著。我住在這山裡，藏身在這處竹林裡，一直、一直看著。」
「這、這——」
「你不信？這也難怪。你聽著，與兵衛。你們人為了生啊死的吵吵鬧鬧，但——這根本沒什麼好吵的。」
「你、你說什麼？人、人命——」
沒錯，性命寶貴，影子說。
「可是啊，只要是活物，早晚必得一死，差別只在於快慢而已。一個人的誕生是否值得欣喜、是否有人為此喜悅；一個人的死亡是否值得哀悼、是否有人為此悲傷，重要的，只有這些。」
「重要——」
「簡而言之，並非生死。」
一切都看生者的感受——
對吧？已經完全融入夜色的影子說。

「我呢，一直待在這兒，不論是這世上的悲傷或喜悅，全都看在眼裡。幾年、幾十年、幾百年——」

「這、這——」

「你覺得荒謬？應該吧。不過啊，因為我不會死。我——」

是豆狸，影子說。

「豆、豆狸——」

這就是。

「你就是豆狸？」

「不，我是——被稱為豆狸的東西。不管誰怎麼稱呼我，都無關緊要。不過你記好，我並非鬼魂，也非亡者。」

「那、那——那樣的話，那個——」

那個德松是——

不，來沽酒的孩子是——

那也是我，豆狸說。

「因為我嗜酒。你們那兒的酒——」

註18：指突然颳起的強風。日本古時認為這類怪風是天狗以羽扇掀起。

實在美味。
「那——」
「沒辦法，自古以來，上酒行沽酒的就是孩童嘛。」
「別、別開玩笑了！既然如此，為什麼要故意打扮成那模樣上門？那——那是德松的——」
「沒錯。德松也死在這兒了。他沉在深淵裡。」
「囉、囉唆！我才不聽你胡言亂語！我——」
我。
是來贖罪的。
這可不是胡言亂語，黑影說。
「死去的人不會復生。不管生者是哭是笑，死人再也不會復返。」
「這我知道。所以，所以——」
我。
「你——也準備尋死是吧？」
你要跳下這深淵嗎？黑影問。
「對，我就是這個打算。我要跳進這處害死阿貞、大舅子夫婦、德松和與吉的深淵——一起死。我要以死謝罪。」
「向誰謝罪？」

「向——」

「沒有人怨你。你要向誰謝罪?」

「向、向世人。我對溺水的孩子見死不救,連漂走的嬰兒、連自己的親骨肉都救不了,我這種狼心狗肺的東西,不該活在世上。我——」

「那就傷腦筋了。」

「傷——腦筋?」

酒怎麼辦?黑影說。

「酒——」

「多左衛門不是把那家酒坊託付給你嗎?」

「就、就算沒有我,一樣可以釀酒。上代嚴格調教過杜氏,那家酒坊、新竹的杜氏們,就算沒有我,也照樣可以好好地——」

這可不成,豆狸說。

「你什麼都不明白,少在那裡——」

「不明白的是你,與兵衛。你以為我是誰?我——」

可是豆狸。

豆狸。

——只會待在美味的酒坊。

——就像酒坊的守護神。

善吉是這樣說的嗎？

「我比你更早，從老早以前就一直觀察你們這群釀酒的。聽仔細了，與兵衛。」

聲音不知不覺間渡過河川，在與兵衛的近旁傳出。

「你的酒坊啊，好不容易——總算能釀出像樣的酒來了。過去只是一人酒坊的新竹，只能算是鄉下酒坊。這一切都多虧了上代，萌發了下運酒的自覺，精心鑽研。現在新竹的這一切，都是因為把生意交給喜左衛門，才能做到的鑽研改良。」

「可是上代的改良——不是已經完成了嗎？」

沒錯。釀酒的手法本身已經完成了。釀酒的是杜氏們，不是與兵衛。

「我——是多餘的。」

「傻瓜。」

聲音從背後傳來。

與兵衛回頭。

一片漆黑。只是一片黑暗。背後是連月光都照耀不到的魆黑。

黑暗說話了：

「少了你，酒要怎麼賣出去？釀造賣不出去的酒，是要給誰喝？酒可是生物。有人喝，酒才算是酒。」

「可是——可是——」

你也差不多該醒了——

豆狸說。

「多左衛門把一切都託付給你了。多左衛門把一切託付給你，撒手人寰了。你說說，你不是還活著嗎？身為生者，你必須連喜左衛門夫婦的分、阿貞和德松的分、連同死者的分一起活下去才成啊。否則的話——」

死人是要死不瞑目的，不是嗎？

「這——」

與兵衛也這麼想。努力要自己這麼想。但是。

「與兵衛，你必須銷售、保護新竹的酒，把它傳給下一代。這是唯一能夠告慰死者在天之靈的方法。除此之外，還能有什麼？」

「不——可是——」

可是。

笑聲突然響徹四下。

「與兵衛——」

我明白你心有懊悔。

那是再怎麼懊悔都不夠的懊悔。

那是無人能撫平的創痛。但是。

你帶著那傷，仍不斷地精進釀酒技術。

為了讓你往後也能繼續釀出美味的酒。

我這個豆狸——就給你個獎賞吧。

「獎賞——？」

「告訴你一件好事。之前去沽酒的孩童是我，不過今天上店裡的孩童，可不是我。」

黑影倏地消失了。

是月光射了進來。

竹林裡，躺著一個穿棋盤紋和服的孩子。

「啊！德、德、德松——」

「那不是德松。瞧仔細，那是你的兒子與吉。」

「與、與吉——？」

「看看他掛在脖子上的護身符袋子。那應該是你送給兒子的。」

與兵衛爬也似地靠近孩子。

「放心吧，那不是豆狸。豆狸——」

是我，語畢，一團宛如鼬鼠的漆黑小影子——

竄過與兵衛身邊，

消失無蹤。

【後】

「那真的是與吉嗎？」阿龍問。

「是啊，那是與兵衛先生的兒子。」

林藏答道，六道屋柳次接口說：唔，今年剛好六歲呢。

「沒錯，是他表兄德松——過世的年紀。」

他一直都在哪兒啊？阿龍問。

「幹嘛問個沒完？案子都結了，細節就別計較了嘛。」

「怎麼能不計較？喂，阿林你每個月就只來喝個一兩次酒，文作老爺子只有寅日來，一樣只是喝酒，六道屋只有最後裝神弄鬼那麼一下子。然而卻只有我，整整三個月都住在店裡，揮汗工作呢。而且還得每天摸走一些零錢，最後還要謊稱看見根本不存在的小孩，結果拿到的工錢都一樣，這怎麼想都不對啊。」

「摸走的錢不是放進妳自個兒的口袋了嗎？一天少少八文錢，三個月也有快七百文吧？那不就好了嗎？」

哪裡好了？阿龍鼓起腮幫子。

「教人幹這種偷雞摸狗的勾當，怎麼對得起我橫川阿龍的名號？偷偷摸走零錢也是很累人的呢。再說，我辭職的時候把錢全還回去了。」

妳還回去了？柳次說。

「幹嘛不收下就好了？」

「誰會幹那種骯髒事？」

真敢說，林藏笑道。

「薪俸妳不是照拿不誤？還是連薪俸也還回去了？」

「那可是我賺來的辛苦錢。」

「那不就扯平了嗎？喂，文作叔跟我，買酒的錢可是自掏腰包。再說，工錢就這麼多，半文也不能再多了。告訴妳，這回的案子，委託人是過世的上代多左衛門先生。」

「咦？世上還真有這麼稀罕的事。真的變鬼出來了嗎？還是這六道屋操縱死人出來作怪？」

誰會幹這種事？柳次啐道。

「應該——是生前拜託的吧。那是——不，我也不太明白。那個酒坊上代到底拜託大坂的老狸子做什麼？」

「很簡單。上代多左衛門先生和一文字狸是至交好友。然後唔，上代同時失去了兒女孫子，而且似乎悟出自己來日無多。可能也是了無生趣了吧。所以他去找那老狸子——後事就交給你了——」

「留下這話。」
「什麼？」
阿龍蹙起眉頭。
「這什麼意思啊？」
「就這個意思啊。那個叫與兵衛的是個老實人，什麼事情都往自己身上扛，扛了再扛，最後把自己壓得動彈不得。多左衛門先生應該就是欣賞他那耿直的為人，不過那是怎麼形容的去了？呃——」
這人也太笨拙了吧，柳次說。
「我在那竹林跟他談了一席，摸透了他這人的性子。他啊，是從小就自食其力，一個人苦過來的吧。可是他從不怨天尤人，也不怪罪他人。所以好事全是多虧別人相助，壞事全是自己的過錯，是這種思路的傢伙。」
「哎唷？說得一副很懂的樣子嘛，六道？」
林藏虧道，柳次應說：我以前就是這個樣。
「雖然年紀大了許多，不過他——就像是以前的我。」
「哈！姓柳的，那你未免脫胎換骨得太徹底了吧？現在的你，不是什麼壞事都怪到別人頭上嗎？噯，你的事不重要，重點是與兵衛先生。據說他是個好女婿，疼老婆、顧小孩，是如假包換的——」

別再說了，阿龍制止。

「那麼好的一家子——居然遇上那麼慘的事，老婆死掉，連孩子都——我光是想，就心如刀割。」

「是啊，在一旁聽了都教人難受。可是與兵衛先生是當事人，就算不想看、不想聽，也是辦不到的事。要是放任他這樣下去，他絕對會垮掉——上代應該是這麼擔心吧。」

然而。

事實上，多左衛門死後，與兵衛做得很好。

默默看守的一文字屋猜測，那應該是為了忘掉悲痛，全心全意投入工作。

「然後——」

「對了，孩子——與吉怎麼了？」

「喔，他活著。雖然活著，可是——」

「可是怎樣？」

被大水沖走的與吉和德松被乞丐撿到了。

德松已經沒了氣，但與吉還活著。不是垂死，應該是陷入假死。因為沒喝到水，所以才免於溺斃吧。

「那是什麼時候的事？」

「當然是翻船當天的事啦。」

「既然這樣，為什麼——」

「為什麼沒有立刻通知家人？——我知道妳想這麼問，但這也是沒法子的事。喂，與吉可不會說話啊。」

對喔，當時他還在襁褓嘛，阿龍說，接著一驚，抬起頭來：

「可是那件事不是鬧得很大嗎？」

「應該吧。一定是鬧得沸沸揚揚。不過兩個孩子被沖上岸的地點相當遙遠。再說，撿到的人跟我們一樣——」

「是沒有正當身分的人嗎？」

「沒錯。不是農民，也不是町人（註19），對鎮上的消息應該不靈通。所以花了一段時間，才發現這奶娃是新竹酒坊的與吉。」

「可是啊姓林的，乞丐會撿那種不值半文錢的東西嗎？要是撿了，一定會拿去要錢的。那可是酒坊的命根子呢，價錢可不便宜。只要知道對方的身分，九成九一定會賣掉的。」

聽說那乞丐才剛病死了孩子，林藏回答。

「什麼？他想把與吉當成自己死掉的孩子養大嗎？」

「傻瓜啊？乞丐哪會做那種事？據說是打算好好還給人家的。」

註19：町人指江戶時代居住於城市地區的工商階級。

「但他不就沒還嗎？都過了五年呢。」

「所以囉——」

「什麼啦？」

「如果撿到的是屍體，那也就罷了。管它是要祭弔還是歸還，馬上就可以做到。可是啊——」

撿到的是活人，總不能還給人家一具死屍。

「乞丐捨不得孩子死掉，滿腦子只有無論如何要保住孩子一命的念頭。撿到孩子的乞丐，全心全意照顧衰弱的與吉。」

這可太為難他了，柳次說。

「應該沒有藥，也沒錢請大夫吧。」

「是啊。所以當他得知與吉的身分時，葬禮什麼的早就辦完了。」

「哇，這下的確是不好還回去了。所以——才一直隱瞞嗎？」

「隱瞞要做什麼？嗳，奶娃真的很可愛，顧著顧著，應該也會日久生情，而且錯過時機，不好歸還也是事實。時間拖得愈久，就愈不好上門。不過乞丐還是把人給送回去了。」

然而。

對方不理。

怎麼會？阿龍驚問。

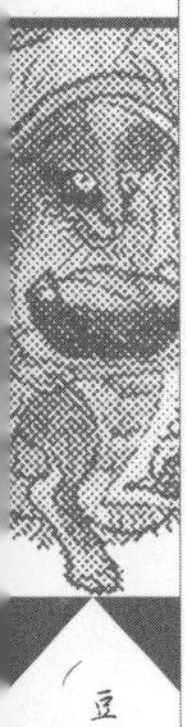

「當初不是敲鑼打鼓地四處尋找嗎？」

「已經找完啦。而且乞丐把人帶去的時候，不巧——碰上多左衛門老爺過世。」

「酒坊忙翻天了？」

「不是啦。唔，忙應該也是忙，更重要的是，失去妻兒，被上代託付一切的與兵衛先生

——」

有些失常了。

「可是人家不是找到他以為死掉的兒子，給他帶來了嗎？」

「是啊。可是他——」

似乎對孩子。

對所有的孩子。

「厭惡起來了。與其說是厭惡，更應該說是害怕吧。雖然不清楚理由，不過似乎連看都不願意看到。乞丐帶孩子上門好幾次，每次都被趕走，說他騙人，連看都不看，也不聽他的說法，徹底拒絕。乞丐吃了閉門羹，連面都見不上。」

「喔——」

「那——」

「據說當時與兵衛一看到小孩，就會嚇得拔腿就逃。不過酒坊沒有孩童，所以平素過日子也沒啥問題，不過——」

這狀況不對勁。

「老狸子也覺得事有蹊蹺。因為他一直惦記在心，留意著與兵衛的狀況。」

「應該吧。可是那乞丐也很困擾吧。」

「應該很困擾——不過老狸子做事可是滴水不漏。他消息靈通，打聽到這件事，找到那個乞丐，深謝了一番，還致贈厚禮，保證絕對會把與吉送回父親身邊，立刻收養了與吉。」

「什麼啊，結果還真是狸子養大的啊？」

「沒辦法，父親怎麼樣都不肯收啊。老狸子也受託關照後事，所以有責任嘛。而與兵衛先生那邊，不管怎麼勸，就是不肯續弦，也不收養子，這樣下去——新竹遲早要絕後。」

「是啊。唔，也只能把酒坊傳給別人了吧。」

「但與兵衛的親骨肉，多左衛門的孫子與吉還在世啊。只是與兵衛完全不肯接受罷了。看來肯定是內心受了某些無法撫平的重創——」

所以才要咱們搬演這齣狸子戲啊？柳次嘀咕道。

「我啊，喚回死人是易如反掌，但是要我假扮狸子，這可是頭一遭。」

不是狸子，是豆狸，林藏說。

「不都是狸嗎？演他大哥的時候還好，可是那什麼啊？又不是見越入道（註20），哪來的死人會長那麼高？而且假扮野獸，不合我的性子。一下要抓鼬鼠、一下要迷昏小孩子——真是折騰死我啦。」

原來那是鼬鼠啊？阿龍驚訝地說。

「又沒看過豆狸是怎樣的東西。不過這番辛苦總算值得，與吉似乎順利回家了。」

回家了。與兵衛抱住兒子，嚎啕大哭，打消尋死的念頭，把兒子帶了回去。

「不過那孩子——是跟他串好口供什麼的嗎？」

「傻瓜，誰會叫孩子做這種事？只是讓他睡一下而已。」

寄養在別人家的與吉某天醒來，發現已經回到父親身邊——應該會是這樣。他應該會迷糊個一陣，但終究會得到幸福。一文字屋似乎已經事先關照過與吉，告訴他總有一天，他會回到親爹身邊。

與兵衛——已經不會有事了吧。

林藏悄悄決定，往後也要上與兵衛那兒買酒。

註20：見越入道是一種日本妖怪，僧侶外形，個頭極高，人愈是仰望，它便變得更高。

野狐

狐滅燈籠火
食蠟燭事
今仍所在多有

——繪本百物語・桃山人夜話卷第四／第卅三

【壹】

騙得了。

阿榮心想。

約半個月前，她得知賣削掛（註1）的林藏又重返大坂了。

起初她沒有發現。只是稍微耳聞有個能言善道、長得頗白淨的男子而已。傳聞他掛出帳屋招牌，卻完全沒聽人談起他生意上的事；話又說回來，此人也非相貌媲美優伶、出手闊綽、或是個玩弄女人的花花公子，那麼如此一名不過爾爾的男子，究竟有何好談論的？世人的品味真教人不懂——阿榮只是這麼想，並不當一回事。不，還沒來得及細想，這人的傳聞便左耳進右耳出，印象也兩三下就不知道湮沒到哪兒去了。

得知這名傳聞中的男子名叫林藏，又得知傳聞出現之處，必有怪事發生，阿榮憶起了某些事。應該說，有哪裡觸動了她的記憶。

說是怪事，也非什麼大事。大坂是個大都市，不同於偏鄉或彌漫著臭水溝味的江戶，可容不下莫名其妙的神祕異事在這裡招搖撞騙。

註1：削掛是一種祭祀道具、飾品，將木片削薄但不削斷，使其呈花朵狀般捲起。

因此。

亡者也不會為了不明所以的理由出來嚇人。比方說幽靈，這兒的幽靈不會哭哭啼啼地冒出來說什麼：我恨、我不甘心。要出來作祟，也是說：還錢來、不許亂花錢。但也不是大坂人特別吝嗇或執著於錢財，而是無論任何情況，帳都得算得一清二楚，倘若沒做到，便是足以令死者無法瞑目的正當理由。什麼愛恨情仇，不太能成為理由。

絕對不是寡情少義，反而是義重情深。不過上方人很清楚義重情深的皆是生者，人死之後皆為無情這個道理。因此上方人才會為殉情故事流淚，如果人死之後還能對生者做什麼，那麼死亦無足可悲矣。

人世無情且無常。人死萬事皆休矣。

因此毫無用處的妖魔鬼怪，只能拿來當成故事題材。

死亡令人垂淚，但相對地，高和尚（註2）、妖怪狸子等等，都是笑談。

江戶人素以瀟灑自豪，但阿榮總覺得江戶陰陰濕濕。確實，江戶人有著愛講道理的小聰明，卻也有無法對世事一笑置之的婆婆媽媽。不過這也是沒法子的事，畢竟全國各地的鄉下人都跑到江戶去了，那兒有許多不聰明的人。

上方確實有些俗氣，卻無賢愚之分，明理淡泊。

可疑的街談巷說，東邊西邊亦不相同。

一開始聽到的傳聞——是什麼去了？

大船商的獨生女和老實的掌櫃私奔？
錢莊次子殺害長子，發瘋落網？
在土佐大開殺戒的刀匠逃至大坂，在客棧自盡？
淨瑠璃大師因技藝登峰造極，陷入絕望，年紀輕輕便隱遁鄉下？
差點因疫病滅村的山村庄屋嫉妒村裡的大功臣，與其同歸於盡？
還是落水失蹤的酒坊子嗣，五年後重又歸來？
這些若說是常有的事，確實並不稀罕。也不到怪事的地步。
不過。
事件發生的周圍，不知為何，總會傳出名叫林藏的男子傳聞。
但是這名男子表面上與事件本身毫無瓜葛。只是林藏這名風評甚佳的男子，事件前後都在附近罷了。
不管是大船商、錢莊還是酒行，林藏似乎都曾打過交道。山中似乎出現過疑似林藏的男子蹤影，他好似也參與過淨瑠璃戲屋子的後台工作。甚至有人說，林藏不知對方是凶賊，好意親切，差點葬身刀匠手下。
是風聞。

註2：高和尚又稱高坊主，是日本四國的妖怪，類似見越入道，會愈看愈高。

不過，不僅僅是如此而已。
除了林藏的傳聞外，這些事件的周圍，亦傳出了可疑的街談巷說。
當然，內容荒誕，只能是故事題材。
比方說——私奔的兩人是被月亮的魔性所惑。
比方說——次子之所以發瘋，是由於疏於祭拜死者。
比方說——自殺的土佐刀匠不是人，而是狼的後裔。
比方說——大師之所以隱遁，是因為在夜晚後台目睹人偶相爭。
比方說——庄屋的凶行，全是遭到未受憑弔的屍骸操控。
比方說——落水失蹤的嬰兒，是被豆狸哺育長大。
都是些酒席上的戲言。
沒有人當真。只是因為情節有趣，所以拿來說嘴罷了。加油添醋，使其愈趨完整。把事件轉化為故事。
沒錯。是假的。
然後阿榮想了起來。
從前——有個巧言煽動、掉包虛假與真實，把人帶往不知何處，任其擺布的男子。
那名男子就叫林藏。
當時他很年輕。不是什麼帳屋，而是沿街兜售吉祥物削掛的小夥子，諢名就叫靄船。

所謂靄船，是乘載亡者的幽世之船。聽說此船自琵琶湖離岸，登上比叡山。靄船這諢名的意思，似乎是說林藏的騙術之高明，讓人就像死者般不知不覺坐上了船，糊里糊塗地隨船離岸，最後升至山頭。

林藏與阿榮因緣匪淺。

那是幾年前的事了？已經十年了嗎？還是更久？或者是五六年前？記憶遙遠，感情卻恍如昨日。一回想起來，便心旗搖曳。她總是要自己別去想，記憶才會如此模糊。

所以她不太清楚是多久前的事了。

阿榮有個小三歲的妹妹。

名叫阿妙。而林藏——是阿妙的心上人。

兩人結識的過程，阿榮聽說過許多次，卻忘個精光了。但阿妙那興奮的模樣，她倒是記得一清二楚。林藏似乎每天都來阿榮姊妹居住的長屋（註3）。當時阿榮已經開始做起飾品攤買賣，所以不常碰面，但不久後，妹妹開始吵著要與林藏結為夫妻。

阿榮反對。

林藏不是個正經人。只消看上一眼就知道了。

不管怎麼看，林藏都不是個尋常百姓。不出所料，林藏做的行當，是靠著誆騙他人維生。即

註3：一種細長型的建築物，以薄板隔開，供數戶居住。江戶時代多為城市地區的廉價租賃房屋。

便如此，阿妙還是堅稱他不是壞人。

阿妙說，林藏做的不是好事，但也絕不壞。他不曾剝削好人、凌虐弱者，毋寧相反——

就類似義賊嗎？

即便是義賊，賊就是賊。一旦落網，就得接受制裁。

無關善惡。只要違背律法，即便是善人，亦是罪人。無論背後有無大義，誤入歧途，就要受制裁。若是鑽法網漏洞、過著見不得光的日子，無論如何，總是無籍之徒。什麼替天行道，這類大言不慚，阿榮完全聽不進去。不——

若敢這樣夸夸其談，實在教人作嘔。過日子，哪一個不是為五斗米折腰？倘若以為能自命清高，那就是太天真了。若覺得吊兒郎當、只要做好表面工夫，就能混出一番名堂，遲早一定要吃苦頭。

林藏就是這樣一個人。至少從前是。

阿榮不能讓妹妹跟這樣一個男人在一起。

不過，雖是無賴，但林藏似乎也沒做過什麼大不了的壞事。是所謂的小惡徒。

沒錯。小惡徒。

阿榮認識的林藏，確實巧舌如簧，卻是個重人情、疼女人的軟弱小夥子。

沿街叫賣吉祥物，只能勉強糊口，而且有些季節幾乎沒生意，是有如浮萍的行當。林藏之所以出手闊綽，是因為私底下做些近似詐欺的非法勾當；敢開口說要成家，也是因為有那些黑心收入。一旦少了那些見不得人的差事，日子一定立刻就要沒著落。但他也不可能洗心革面，改做正經生意來養活妻小。

因此阿榮反對。

不管林藏人品如何，兩人有多相愛——

林藏都不是個配得上妹妹的男人。

即便窮困，但若肯腳踏實地做事，前途也還有希望。要不然縱使是在黑道闖蕩，倘若度量非凡，或許阿榮也願意把阿妙託付給他。

沒錯。善就是善，惡就是惡，無論要走哪條路子，都該貫徹到底。

明明是個惡人，卻以善人自居的傢伙最要不得。

比什麼都要糟糕。阿榮這麼認為。

她現在依然這麼想。

應該不是阿榮特別嚴厲。應該任誰都會反對。因為林藏說穿了就是個靠坑人吃飯的傢伙，所以她會懷疑妹妹遭到哄騙，也是天經地義的事。

不——

妹妹就是被騙了。

阿妙是個沒心眼、一條腸子通到底的姑娘。也許從打出娘胎到過世，她從來沒有懷疑過別人。她有著一雙巧手，十二歲起就替人做針黹。她任勞任怨，勤勞肯幹，對阿榮亦是百依百順。

阿妙第一次對阿榮頂嘴——

就是為了林藏。

阿榮與阿妙早早就沒了父母，兩姊妹相依為命。父親過世時，阿榮五歲，阿妙才兩歲。五年後，母親也過世了。

一對十歲和七歲的姊妹，不可能靠自己過活，但幸好阿榮有個叔公。兩姊妹年幼的時候，叔公經常援助她們。她們從未依靠叔公。

叔公是個不平凡的人，僅僅一代便攢下莫大財富。他有許多手下，生活也極富裕。雖然不是所謂的商人，但是事業以大坂為中心遍及各行各業。表面上是普通百姓，但是在見不到的地方，應該做了不少黑心事。不，一定有。否則不可能累積到那樣的身家。

但是叔公從不隱瞞自己黑心的一面。他絕對不會擺出善人面孔，而是大肆公言他並非善良百姓。阿榮從小就聽叔公再三告誡，他雖然可以替她們姊妹的父親照顧她們倆，但絕對無法成為她們的父親。

也許阿榮就是因為清楚叔公的情形，所以更無法原諒林藏的半吊子。

不管再怎麼掩飾、隱藏，惡徒就是惡徒。不論是向善還是墮惡，人都需要覺悟。而林藏缺少那樣的覺悟。看在阿榮眼中，就是這麼回事。

母親過世時，阿榮也心想：非痛下覺悟不可。因此她無法完全依賴叔公。確實，她讓叔公當她們的後盾，卻不認為自己曾經投靠叔公。身為親戚的關照，她樂意接受，但她沒有接受更多的幫助。

阿榮認為，她們一直是姊妹倆相依為命。

而那唯一一個血緣相繫的妹妹——

「都是林藏害的。」她說。

「不，不對。」

阿榮說，用力蹙起眉頭。

「等於是林藏殺的。不，就是林藏殺的。」

「令妹過世了嗎？」

這個人——

明明知情。

是被殺死的，阿榮說。

這裡是上方亦屈指可數的大出版商，一文字屋的密室。阿榮的正對面，約三間（註4）遠的木板地房間裡，坐著這裡的主人一文字屋仁藏。這仁藏表面是印刷讀物的出版商，但傳聞都說，他是統領上方地下社會的首領人物。

「被——那個叫林藏的殺死的嗎？」

註4：間為日本舊時長度單位，一間約一・八公尺。

還裝傻？

阿榮早已查出，靄船林藏就是替這一文字屋辦事的小嘍囉。從前是，如今——亦是。

阿榮觀察仁藏的神情。

此人五官碩大，相貌穩重。

「下手的不是林藏。不過——舍妹會死，就是林藏害的。」

「這太令人心痛了。」仁藏神色肅穆地說。

不愧是傳聞中的首領人物，似乎不是會輕易表露真情的輕浮傢伙。不過手下就不行了。守在後頭一臉傻相的掌櫃，光是聽到林藏的名字就冷汗直淌。仁藏不知有無發現手下那副窩囊相，不動如山地問：

「那麼——您想要委託何事？」

「我聽說這兒能為人解決無可如何之事，故而前來。」

掌櫃露出警戒的模樣。

「沒錯。」仁藏嚴肅地回答。

「聽說你們有時即便違反律法，亦能為人傳達無法傳遞之情感、實現無法成全之心願。」

看你怎麼回答？

仁藏微笑。

「只要付錢——什麼事都能辦到。我是如此聽聞的。」

阿榮話聲剛落，仁藏便放聲大笑。
「有什麼好笑的？」
「喔，我不清楚您是聽哪位說的，不過您似乎有所誤解。咱們確實無事不包，端看經手之事大小，收取相應酬勞。換個角度來看，未必不能說是只要有錢，什麼事都肯辦。但我們——」
是義賊嗎？阿榮打斷仁藏的話說。
「您說——什麼？」
「你要說——你們做的事是替天行道嗎？」
那樣的話。
仁藏搖頭：「沒那麼冠冕堂皇。商人經商，就是為了營利。收取報酬，才算得上做生意。若是打出替天行道的招牌來，那還做什麼生意呢？我幹這行，是為了賺錢。」
「那——」
「這是生意。讓客人滿意，收取相應的報酬，只是這樣而已。沒有什麼冠冕堂皇的理由。不過即便如此，倘若做出違背律法的行為來，那可就真的要關門大吉了。我們——」
你要說你們不殺人嗎？阿榮問。
「可是，你們不是能解決無可如何之事嗎？」
「沒錯。」
「那麼，如果我要求——去殺一個人的話呢？」

看你怎麼辦。

聽起來可真嚇人呢，仁藏說。

「你當這是在話家常嗎？」

「啊，失敬了。不過這話確實嚇人沒錯。畢竟這可是在說要取人性命啊。這——」

「世上不全是幸福的人。」

阿榮不想聽漂亮話。

「想要殺人，想要誰去死——我明白這是惡意。我也非常清楚，殺人萬萬不可為。即便如此，還是有人會被逼到這種境地，身不由己地想：只要那傢伙消失就好了、全是那傢伙害的。有時只因著一個人，許多人的人生遭到扭曲、逼迫。但是，即使被逼到那種地步、縱然想殺人，也不是就有辦法。弱者、無力者只能屈服。即便有能力，但就是因為明白那是不該做的事，所以才下不了手啊。這就是所謂無可如何之事，不對嗎？」

是啊，仁藏說。

「您——也是如此嗎？」

阿榮點點頭。

「我想要他死。我想殺了他。我希望你實現我的心願。我是懷著這樣的念頭前來的。」

「嗯，這可怎麼好呢？」

要多少錢？阿榮問。

「一條命，要多少錢？」
「人命是無法估價的。」
還在說漂亮話？
「不過你們這兒，不是只要出錢，什麼事都肯做嗎？還是——你看我拿不出多少錢？意思是價碼不便宜？一百兩嗎？還是兩百兩？」
客人，掌櫃出聲。
「您這是——」
「聽說放龜辰造那兒，是一百兩。」
掌櫃沉默了。
「放龜——？」
但仁藏連眉毛也不動一下。
「這是指四天王寺一帶總管江湖走販的辰造先生嗎？」
阿榮點點頭，然後細看仁藏的臉色。
「他是——你們的同行吧？」
「怎麼會是同行呢？那位管的是走販，咱們賣的是書。」
「據我聽說，放龜辰造——表面上是江湖走販的老大，但還有另一張面孔。我聽說他幹的是只要拿得出錢，無所不做的行當。那麼辰造一家，做的就是跟你們一樣的事，是同行。當然，你

應該知道。」

仁藏神情依舊溫和，回視著阿榮：

「這我就不清楚了。我是賣書的。書是反映世相的鏡子，寫下浮世憂世的表裡，賣給世人，就是我做的生意。因此我向來致力於蒐集表裡內外形形色色的故事。但那畢竟只是故事。故事沒有虛實。虛實難辨處，亦正是故事精妙處。一旦變成故事，就難以判別真假了。」

「既然如此——你應該也知道放龜的事吧？」

仁藏沒有回答。

「你應該知道。所以我這番話對一文字老闆應該是班門弄斧，但既然你要裝傻到底——我就說開了吧。據說辰造一家無所不做——即便是違背律法的事。不管是恐嚇、勒索、偷竊——甚至是殺人。」

他們什麼都包。

「辰造——只要拿得出錢，甚至願意殺人。行情是町人一百兩，武士加倍。根據身分，據說還有再加倍的。」

「怎麼聽起來更嚇人了？」

仁藏笑了。

「恕我孤陋寡聞，不清楚殺人的行情。但依據身分，為人命定價，著實荒誕可笑。這豈不就是殺手了嗎？世上真有如此可怕的行當嗎？——不過假設此事為真，為何您不去那兒委託呢？」

「意思是你不肯接嗎？」

仁藏搖搖頭：「並非如此。」

「哪裡不是了？」

「答不答應，這都要看您。」

「是指要看我的理由、是什麼內容嗎？」

「當然，請述其詳。」

「那——」

果然是需要一個冠冕堂皇的理由嗎？阿榮問。

「譬如說，如果我是為了私利私欲，要求殺人，你們就拒絕——」

「不然。前面我也說過幾次，這是做生意。再說，私利與公利，私欲與公益的區別極其模糊，無法一概分之。律法無法扭曲，但正邪善惡，只要立場不同，輕易就能顛倒。」

「那——」

「為了解決無可如何之事，必須鉅細靡遺地瞭解事情的一切來龍去脈。聽著，這是我們的工作，既然是工作，便不容許失敗。案子愈大，愈不容得半點輕忽大意。那麼——」

仁藏略略瞇眼。

「畢竟是工作，禁不起賭。孤注一擲，勝負由天，這可不是辦事的態度。危險愈少愈好。只要能避免，不涉險是最好的。」

這才是為商之道，仁藏說。

「誠如您所言，我們也接過希望某人死去、想要取誰性命的委託。不過細細追問，便可明白取人性命，並不一定就能解決問題。有時只是想要斷絕關係、希望對方從眼前消失，或是剝奪其地位；或希望對方大出洋相、賠罪；或想報復對方、奪去對方力量——形形色色。並非單純地殺了人就能解決。殺人——」

以某個意義來說很容易，仁藏說。

「你說殺人很容易——？」

「人之所以無法輕易殺人，是因為殺人是重罪，而非殺人很難。因為殺了人就得受罰。更重要的是，因為人並不想殺人。即便想要一個人死——」

是否想要殺了他，又是兩碼子事。

「即便手無縛雞之力，只要有人協助，或是委託別人，殺人並非不可能之事。不過即令辦得到——代價也太大了。殺人是重罪，因此要付出的代價也極大。」

「代價——？」

「是的，不論是對我們，對委託人，代價都極大。縱然能夠逃過罪責的重擔，必須扛起的事物也太大了。取人性命，就是這麼一回事。欲詛咒人，需先挖好兩個墓穴，因為連自己亦會墮入地獄。因此只要能夠不殺，最好不殺。若有殺人以外的路子——」

一文字屋勸您還是走那條路——仁藏說。

「不殺人的路，比殺人的路更費工夫。不，不殺人的布局，更要複雜萬端。金額就是依據這工夫、布局的大小而定。換言之，我們並不是對人的性命定價，而是評估一宗差事有多費工夫。沒有所謂殺一個人多少錢的行情。不過——」

仁藏說到此，定定地盯住阿榮。

「怨恨、憎惡——對於陷入此種修羅惡念之人，他們的委託另當別論。」

「修羅惡念？」

「非親手殺了該人，否則無法甘休的激烈情感。」

好了，如何？——仁藏說。

「如果對方妨礙生意，只要讓他做不成生意即可。害人傷心哭泣，只要讓他無法再犯即可。倘若對方作惡，令他無法繼續作惡即可。但為了報復、以牙還牙，因此想要取對方性命——這類委託的話，就沒有其他替代的路子。」

「你——想要知道究竟？」

「沒錯。我們亦是行家，但即便是行家，亦難以憑空體察委託人的真心。還請您細述一番。」

原來如此——

我想請你們殺一個人，阿榮毫不猶豫地說。

為何？仁藏反問。

「是為了替令妹復仇嗎？」

「復仇——」

說得真好聽。

「我不是武士，沒有效忠的主君或主家，因此沒有想過要復仇（註5）。這是私人恩怨。深不見底的怨恨。我實在是太為妹妹痛惜了，無法排遣這樣的悲痛。我希望你們能為我一抒怨氣——」

是這樣的委託，阿榮說。

「對象——」

是那個林藏嗎？仁藏問。

沒錯——如果這麼回答，會怎麼樣？

林藏是這個人的手下。雖然假裝不認識，但他不可能不知道那件事。妹妹之所以非死不可，說到底——

也都是因為仁藏的緣故，不是嗎？

不是林藏，阿榮答道。

「不是林藏——？」

「舍妹會死，是林藏害的，但下手的並非林藏。林藏只是把阿妙扯進了自己的奸計裡。他把阿妙捲入，出了紕漏，結果害得阿妙慘遭殺害。所以我恨林藏。我恨他，但並不想殺他。我要他活著贖罪。阿妙死後，林藏從上方消失了蹤影，但如果他還活著，我要他賠罪。這是我的願望。另外——還有個我無論如何都無法原諒、想要親手殺了他的傢伙。」

「是哪位？」

「只要拿得出錢，連婦孺也照殺不誤的畜生——沒錯，就是放龜辰造。」

「您想要殺了辰造先生？」

仁藏第一次表現出動搖——看似。儘管那只是臉頰微微牽動了一下。

「是的。請殺了辰造。」

阿榮行禮。

「我明白你們的行事作風了。確實，殺人如此無法無天的請求，你們應該不可能一口答應。我也認為殺人是身為人絕不能允許的行徑。但我還是想拜託你們。辰造是個惡徒。不論是天真無邪的孩子、還是無辜的百姓，只要掏得出一百兩，他們都照殺不誤。不管是生意上的敵手，還是碎嘴嘮叨的老婆，他們都能輕易下手。但是只有一個例外。不管搬出多少金子，辰造都不可能答應殺死他自己的委託。這就是——我無法委託辰造殺人的理由。」

阿榮說，然後仰望仁藏。

「我厭惡什麼替天行道這類門面話。就算死了一個人，這世道也不可能有任何改變。我也清

註5：江戶時代承認武士階級的私人復仇，但必須向官府報備，領取許可，或有主君的任免書，否則將被視為殺人罪懲治。

楚沒有任何傷痛，是可以透過殺人撫平的。但那個傢伙，活上多久，就有多少人死在他手中。只要是為了錢，他無惡不做。或許他不是你們的同行，但他和你們一樣，打著為人解決無可如何之事的名號，為所欲為。為所欲為，卻絕對不會曝露在檯面上。他檯面上的臉孔，是成立放生會，買龜放生的大善人。我對他恨之入骨。」

辰造是個惡人，阿榮說。

「如果你不曾耳聞，請你調查。如果你知道，請相信我。既然我提出這樣的請求，也已經有了相應的覺悟。錢也準備好了。如果不夠，我一定會籌出來——」

「您的委託，是無論如何都要取他性命？」

「不能讓更多人經歷我這樣的錐心之痛了。」

「只是制止他的行為，無法讓您滿意——是嗎？」

「對。」

光是那樣不夠。

辰造非死不可。

否則——

「您這番話——確實不假？」

仁藏說。

「若委託人所言有假——我們將請您支付相應的報償。」

我的話，絕無半點虛假，阿桊回答。

【貳】

妳拜託了？又市說。

「拜託了。」

「好大的膽子。」

又市說著，從大樹後頭無聲無息地露出臉來。

白木棉行者頭巾，一身白麻布衣，胸前掛個偈箱，繫在腰間的鈴鐺輕響了一聲。

「你那身模樣真教人看不慣。你都跑去江戶做些什麼了？」

「哼。欸，依咱們的規矩，是不談過去的吧？阿桊小姐。」

「哼，說的也是啦。」

阿桊說道，蹲下身子。

「不過這緣份也真是奇妙。在船家看到你時，我真是大吃一驚。氣質、模樣，整個不同了，更重要的是，我作夢也沒想到你居然會重返上方。不，我以為你老早就死了。」

又市以前是林藏的搭檔。

好相處、好女色，總是吊兒郎當、輕浪浮薄的林藏身邊，經常跟著眼神陰沉的又市。阿桊覺得又市應該也不是性情特別陰暗，或笨口拙舌，然而青澀眼瞳深處的陰光，卻總是煩躁不堪，令阿榮印象深刻。

林藏說又市是他兄弟。

兩人總是聯手幹些壞勾當。

妹妹死去那晚——

林藏和又市一起從大坂消失了。

這次是來攝津辦點事，又市說。

「之前在京都待了一陣子。噯，現在我只是個四處漂泊的乞丐和尚，靠張嘴皮子討生活的無根浮萍，天南地北，愛往哪兒就往哪兒，紮根一處，不合我的性子。我並不是重返上方。再說，這大坂有的，全是些不堪回首的回憶。」

「我想也是。」

「嗯，那時候我救了被辰造一家追殺的林藏和阿妙小姐。雖然——阿妙小姐當時已經沒氣了。林藏渾身刀傷，但人還活著。結果害得我也連帶一起遭到追殺。幸虧有阿榮小姐相助，才勉強死裡逃生，但那可不是開玩笑的，真正是九死一生。我本想這輩子都再也不回來這裡了。」

你也真是飛來橫禍，阿榮說。

「那——一文字狸怎麼說？」

「他給我裝傻。這部分也不出你所料，他來個一問三不知。」

「哦？」
又市在阿榮旁邊蹲下。
當時——阿妙死去時。
林藏原本正準備對辰造一家設局。阿榮不清楚那時候辰造一家已經做了多少壞事，但起碼放龜辰造已打下一片不容小覷的江山，做的虧心事肯定不會少。
阿榮認為，林藏就是盯上了這一點。
林藏不是準備揭穿辰造不可告人的一面，大敲一筆，就是籠絡對方，分點甜頭。當時阿榮如此解讀。
但阿榮想錯了。過了十六年以上，阿榮總算得知了真相。
對辰造設局的幕後黑手，其實是一文字屋仁藏。那也算是一種地盤之爭。不，一定就是。是又市告訴阿榮的。
「不過，我親自見了他，確定錯不了。噯，我也不是不信你的話，但總是懷疑這種地下行當，真有這麼多嗎？」
確實是沒有多少，又市說。
「江戶就沒有。不，當然一些鬼祟可疑的牛鬼蛇神是多如牛毛，但沒有一個統領，也沒有供人統領的傢伙。不過呢，一文字狸底下的嘍囉卻是分散諸國各地。那個叫仁藏的老爺子器量了得，現在已經成了地位非凡的霸主。」

「你跟著他的時候是怎麼樣？」

又市以前似乎和林藏一起追隨仁藏。

以前有以前的厲害，又市道答。

「十六年前，仁藏老狸子就已經被視為首領人物了。相反地，林藏跟我都不過是個毛頭小子。只是看到仁藏，就嚇得連話都說不出來。說到那時候的仁藏，那眼神是精光四射，教人不敢逼視——」

說到這裡，又市的眼神望向遠方。

這裡。

是空無一物的荒野。

大坂是個熱鬧的城市。

儘管雜亂無章，那卻是生命的雜亂無章。是人類營生的喧鬧。不過在它背後，卻有著如此荒涼空虛的場所。這兒空洞無一物，就像生命與生命之間形成的隙縫般。是隙縫，卻無涯無盡。

大坂跟江戶不一樣吶，又市說。

「不一樣嗎？」

「對，不一樣。雖然我也說不上來是怎麼個不一樣。」

阿榮從沒去過東邊。

「我是江戶郊外貧農家出生的。生活沒有著落，自甘墮落，自我放逐，三餐不繼地一路流落到西邊，在大津一帶遇到了林藏。林藏他啊，胡吹什麼他是王公貴族在外頭的私生子呢。」

「王公貴族的私生子？」

我可不曉得是真是假，又市說。

「遇到他的時候，他跟我一樣，只是個髒兮兮、乾巴巴的臭小鬼。那傢伙人很逗趣，成天追著女人跑，是個腦袋空空的混蛋傢伙。不過我也一樣混蛋，年紀又相同，或許是一拍即合吧，兩人聯手，成天四處作亂。就算被抓、挨打、被人用竹簾捲起來扔進水裡頭，都覺得不算什麼事，無所謂，換個地盤，繼續作亂。他啊，不管遇上多慘的事，都能一笑置之，用這兒的話說——就是個傻瓜吧。」

「怎麼，你——」

動了惻隱之心啦？阿榮說。

「聽著，又市，你之所以沒法在大坂待下去，就是因為林藏——」

「我知道。我沒怎樣。我也是在泥濘裡打滾過來的，事到如今，哪兒還有慈悲心腸同情淚？只是啊，阿榮小姐，我在遇到妳，聽到妳的話之前，一直以為林藏是遭人陷害，而非失手。所以我跟他的回憶，嗯，直到四、五天以前，——還算是一段美好的過去。」

「你以為他是被一文字屋陷害的嗎？」

「是啊。我一直以為——是一文字狸跟放龜在背地裡串通。否則圈套哪有那麼容易曝光的理？不過我不懂的是，陷害林藏跟我這種乳臭未乾的笨小子，他們又有什麼好處？」

沒什麼好處吶，又市喃喃。

「不可能有好處。想都不必想。那就是林藏失手了。」

「對，全是林藏的疏忽、失敗。計畫洩漏出去了。所以——才害死了阿妙。」

「阿妙——」

實在太慘了，又市說。

「雖然我現在一副歷經滄桑的模樣，也經歷過幾次生死關頭，但當時畢竟還是個青澀的毛頭小子。儘管自詡小霸王，但親眼目睹認識的姑娘被千刀萬剮地死去，我實在——」

別說了，阿榮說。

她討厭哭哭啼啼的。

「林藏也挨了刀。那傢伙，明明自己渾身是血，卻扛著已經沒了氣的阿妙，不肯放開。那笨蛋，整個人哭得一塌糊塗——」

「叫你別說了，我——」

「噯，如今回想，就是因為他失手害死了阿妙——才會哭得那麼慘。對吧？阿榮小姐？」

不願意想起來。

阿妙——

過去的事就別再提了，阿榮說。

「總之，可以確定的是，不是一文字屋陷害林藏的。就像你猜測的，林藏到現在還是那傢伙的手下。倘若真的是一文字屋陷害林藏，林藏不可能再回去他那兒吧。即便想回去，老狸子也不可能讓他回去，不是嗎？」

應該吧，又市說。

一個月前，又市忽然現身阿榮經營的船家。

當然，阿榮一開始沒認出他來。沒辦法，阿榮連又市的名字都給忘了。儘管覺得這人眼熟，但相似的臉孔到處都有。再說，她可沒有模樣如此落魄的行者朋友。她想，也許是外地來的流浪漢，見過個一兩次，當時也沒放在心上。

一陣子後——

攝津發生代官所失火的大騷動，緊接著行者再度造訪。

這時，阿榮冷不丁憶起：啊，是又市！

應該是因為她正想著林藏。她把眼前的這名男子，與神祕傳說背後若隱若現、就叫林藏的不可思議男子——靄船林藏重疊在一塊兒了。林藏這名字確實並不常見，但也並非沒有同名之人。倘若這個林藏就是那個林藏——

模糊的疑惑，因著又市的出現，變得不動如山。

阿榮確信，既然林藏的搭檔就在眼前，林藏一定也重回大坂這一帶了。

樣貌雖然變了，但男子就是又市。阿榮出聲招呼，又市大為驚訝，接著似乎困惑起來。因為阿榮問起林藏的近況。

又市說他沒有林藏的消息。說他逃離大坂後，便再不曾見過。不，他以為林藏已死。

「更別說回來不回來了——那，林藏那傢伙真的還活著？」

「應該——還活著吧。仁藏也就罷了，看那掌櫃慌的，全寫在臉上了。四處弄喧搗鬼的林藏，就是那個林藏，你義兄弟靄船林藏，錯不了的。」

「真的——假的？」

又市又望向荒野的盡頭。

「原來姓林的沒死啊。」

「你們怎麼——分道揚鑣了？」

「不是分道揚鑣，而是他人不見了。林藏的傷勢雖然頗深，但比起傷勢，阿妙的死更是擊垮了他。我一直以為他追隨阿妙一起走了，沒想到他不僅活著，還回去一文字屋了，那個混帳東西，到底是在想什麼——？」

隨之殉情？

林藏對阿妙用情這麼深嗎？

「林藏——看起來那麼痛苦嗎？」

「是啊。」

又市注視著遠方答道。

「我自個兒大概也是怕了，不管再怎麼逃，種種風聲就是緊追著我跑。還聽到有人目睹林藏

吊死在榆樹下、瞧見他跳河，還有人說他被辰造一家逮到，被宰了。當時我捲著尾巴四處潛逃，也沒法回去確定，更別說祭弔他了。所以，嗯——」

我一直以為林藏老早就歸西了——又市說。

阿榮不這麼想。

林藏雖然挨了刀，但並非致命傷。

她也不認為林藏是會追隨阿妙尋死的人。

是因為她不認為——不願意認為林藏對阿妙的感情有這麼真嗎？

她一直相信林藏一定還活在某處。因此才會在奇妙的傳聞背後看見林藏的幻影。

阿榮說出內心的懷疑，又市尋思了一陣，才說出他們與一文字屋仁藏的關係。

如果阿榮懷疑的不錯——

假設林藏還活著，然後現在仍在上方幹些見不得人的勾當，背後一定有一文字屋撐腰——又市說。

阿榮自己也過著不值得炫耀的人生，卻絲毫不知道一文字屋的另一門行當。她只知道一文字屋是家大出版商，但作夢也想不到會是放龜辰造的同行。

「阿榮小姐，那個叫仁藏的傢伙極了不得。我隨波逐流，天南地北四處流浪，但不管去到哪兒，都見得到仁藏的影子。他跟山民水民那類沒有正當身分的傢伙聲息互通，所以才能隱身在檯面下。但江戶不愧是江戶，黑暗太深，他似乎也無法在那兒為所欲為，但江戶以外的地方，尤其是上方，仁藏的勢力無人能及。」

又市轉向阿榮問：

「這樣好嗎？」

「這是在問什麼？」

「妳這是在跟仁藏對著幹。」

「跟他作對，我有什麼好處？我怎麼可能跟他對幹？」

「但——妳佯裝不知情，找他委託不是嗎？委託他——收拾林藏。明知道林藏是他的手下。」

「才不是呢。」阿榮笑道。

「不是？——那，妳拜託仁藏做什麼？」

「別的事。」

沒錯。

難得林藏還活著。

我何必殺他？要是林藏死了——

「我拜託仁藏，找出林藏，要他贖罪。」

「找——出他？」

「不必找，他應該也知道林藏在哪。」

絕對知道。看看掌櫃那狼狽相，這點亦是洞若觀火。心思那般顯而易見的男人也真少見。或許仁藏真是個大人物，但一旁跟班的居然是那樣一個小角色，有幾分斤兩，可想而知。

「就像你說的，以前派林藏去對付放龜的，應該也是仁藏。所以仁藏清楚一切，卻裝作一副沒事人的模樣，聽我說話。這不是彼此彼此嗎？咱們這是狐與狸的爾虞我詐。」

「哼。」

又市站了起來。

「居然想擺布那個老狸子，妳這頭母狐也忒大膽。」

「有什麼不好？老娘就是母狐，要狠狠地耍弄他一番。」

我才不會認輸。

「聽你描述，總覺得仁藏也是號可怕人物。唔，他確實應該不好對付，也是個非比尋常的人物。但——我不覺得是需要那樣忌憚三分的對手。」

「是嗎？」

「你跟仁藏打交道的時候，還只是個毛頭小子吧？對一個剛出來江湖走跳的小子來說，什麼樣的對手都得敬畏三分。只是氣勢輸人一截罷了。這時又遇上那麼慘的事，落荒而逃——當時的事仍令你餘悸猶存，是不是這樣罷了？」

「妳是說——一文字屋仁藏並不是什麼大不了的貨色？」

沒錯。

阿榮已經看透了。

證據就是辰造，阿榮說。

「說起來，當時不也是仁藏派林藏去拔掉辰造一家嗎？結果呢？林藏出了紕漏，反過來被砍，我妹妹被牽扯進去送命，而救了他們的你遭到追殺，出逃上方。設局、手下挨刀、失敗，然後仁藏怎麼了？他什麼也沒做，不是嗎？」

「是啊。」

又市望向更遠方。

明明這是一塊無邊無際，沒有盡頭的荒野。

「所以我才會懷疑，是不是那個老狸子跟辰造在背地裡勾結？我不求他為手下報仇，但居然半點回敬都沒有，就此罷手，令人難以釋懷。不過，沒這種可能。老狸子沒道理跟敵人串通。」

「也不是串通，他是怕了吧。後來都過了十六年以上，辰造的聲勢日益茁壯，壞事做盡，酒池肉林。就像你說的，一文字屋的勢力也變得不容小覷，即便如此，他卻在根據地的大坂，放任行事毒辣的生意對手跋扈自恣。只因最底下的小嘍囉失敗了一次，便就此縮手，有這麼虎頭蛇尾的嗎？」

真敢說，又市說。

「見到那老爺子本人，能看透到這種地步的人，也真難得一見。」

「我——也是經歷過不少的。」

彼此彼此，又市笑道。

「我也如妳所見，是個御行（註6）。是個窩囊的無賴，因為窩囊，順帶剃了頭入佛門。妳一定會笑我也實在潦倒得緊，但這也是一種處世之術。所以我想，妳——應該也不是當年的阿榮小姐了。」

「我也——」

拋棄過大坂一次。

因為承受不了妹妹的死。她無法忍受在妹妹死去的城市生活。

若說她是逃避，確實是逃避。橫豎她是孑然一身了。她認為一個人的話，哪兒都活得下去，沒有留戀也沒有執著。但世道沒這麼寬容。

為了活下去，她什麼都做了。她染指惡行，甚至淪為行腳女巫（註7）。因此甚至被人起了個綽號叫野干阿榮。野干似乎就是狐。

直到三年前叔公發現阿榮，伸出援手，把她帶回大坂，阿榮一直是在泥濘裡頭打滾的。說她髒了，的確是髒了；說她變強了，的確是變強了；要說她變壞了，亦無疑是變壞了。

一切都是出於覺悟。

註6：做行者打扮，搖鈴賣符的人。

註7：行腳女巫是不屬於特定神社，雲遊四地行神事的神道教女巫。實際上多為流娼。

「野干？」

又市背對阿榮，來到孤伶伶地佇立在竹林旁的老朽五輪塔前。

「那——阿榮小姐，這表示妳也做了不少惡事吶。」

「什麼意思？」

「否則也不可能被冠上這樣一個諢名。」

野干可不是狐，又市說。

「是嗎？我聽說是狐，也以為是狐。」

「野干是像狐沒有錯，但似乎是不同的野獸。有些地方似乎叫野狐，但此地沒有，據說是棲息在韃靼還是天竺的猛獸。比起狐，更接近狗或狼，擅長爬樹，連老虎、豹子都吃，是非常可怕的野獸。還說牠是荼吉尼天（註8）的座騎，因此轉化成稻荷大神的使者（註9）。所以稻荷神追根究柢，原本似乎就是那野干。」

你怎麼這麼內行？阿榮問，又市說都是聽來的。

「沒什麼，我在江戶認識了一個雅士，是個怪人，對這些沒用的事情特別精通。昨晚我在難波（註10）巧遇他，向他打聽了一下。據說野干這種野獸喜愛蠟、油、漆、女人的氣血，因此——」

似乎猜疑心極重，又市說。

「猜疑心重啊？」

「似乎是。據說野干這東西只要相信一個人，便會忠心不貳，但一旦厭倦，輕易就會背叛。而且還會作祟、附身。有些地方說，一旦被野干附身，八輩子甩不掉，是一種非常惡質的畜牲。」

「那的確很惡質吶。」

「妳——也是這樣嗎？」

也許是。到底是誰給起的這個諢名？是從什麼時候開始被人這麼叫的？

「不過，我現在只是受雇經營船家的老闆娘，沒有對象好作祟——」

「不就有嗎？」

又市回頭，右手搭上生了苔的五輪塔。

「林藏啊。阿妙的仇人。因為那傢伙失手，毀了所有的一切。我這話難道不對嗎？我跟妳，都因為林藏那傢伙，路子完全走岔了。妳一定恨透他了。妳不恨她嗎？」

「我恨。」阿榮簡短地答道。

「那，如果那可恨的林藏還活著——為什麼妳不拜託老狸子殺了他？」

註8：荼吉尼天是密教從印度帶入佛教的神明。在日本與稻荷神信仰混同融合。

註9：稻荷神為守護五穀豐收之神，俗信狐狸為其使者。

註10：難波為大阪市的古名。

「我要他贖罪啊。」

我不懂，又市不解地歪頭。

「贖罪？妳是想要他做什麼？」

天曉得呢，阿榮打馬虎眼說。

「總之，我叫一文字屋先把他給找出來。總得親眼看到他那張臉，才能決定怎麼做。就像你說的，萬一找到的是別人，什麼都甭談了。再說，林藏是他們自己人，他們也許會找個替死鬼，或是裝傻說找不到。不過，對方隱瞞林藏是他們自己人的事實，所以無法拒絕找他的委託吧。既然答應了，應該就會把人帶來。根本不必找——應該馬上就知道人在哪了。」

是嗎？又市質疑。

「怎麼，難道事到如今，他們還想粉飾太平？一文字屋仁藏會維護一隻小蝦米到這種地步？十六年前，他不是輕易拋下林藏了嗎？還是怎樣？他怕林藏會抖出他的底細？」

「或許有這個可能。招惹辰造一事，雖是林藏失手，但始作俑者可是一文字屋。如此一來，等於妳真正的仇人就是他們。這對他們來說是個麻煩。再者，萬一這件事揭開來——有可能傳進辰造耳裡。辰造一旦知曉，也不可能默不吭聲。」

這一點不必擔心，阿榮回答。

「我拜託一文字屋的另一件事——就是要辰造的人頭。取辰造的性命，跟交出林藏——是綁在一塊兒的。」

「妳委託老狸子殺了辰造？」

又市沉默了一下。

「妳做事還真是天衣無縫。」

「單憑我一個女人家，想要跟頭面人物周旋，不故弄玄虛個幾招，哪有辦法？看我野干阿榮，把狸子跟烏龜同時操弄在掌心——」

然後。

把林藏——

太可怕囉，又市縮縮脖子。接著望向五輪塔後方的遠處。

「那兒——在遠處閃閃發亮的是海嗎？還是河？」

「怎麼會是海呢？這裡什麼都看不到。這裡——叫閑寂野。其實也不曉得叫什麼。這兒啥都沒有，哪兒都去不了，半點用也沒有，就像天涯海角，所以路過的旅人誤闖此地，不知為何就會心灰意懶，陷入絕望。然後走著走著，人馬路倒，在各處化為枯骨。」

「那麼——」

那是那些屍骨滲透而出的遺憾在燃燒嗎？又市伸手指去。

也沒看見夕陽什麼的，但荒野已經暗下來了。

無數的蒼白陰火點點燃燒著，

宛如標記著看似無盡的荒地境界。

「那是什麼——？」

「若不是鬼火，」

那就是狐火囉，又市說。

【參】

前晚夜裡——男子劈頭就說。

阿榮在木津爾——她所經營的船家後門，被這名古怪的男子給纏住了。

「也不是夜裡，算傍晚吧。不，也許是五刻多的時候——」

「什麼事呢？你不是要搭船的客人嗎？」

「不，我不是客人。我是呃，想打聽那狐火——」

「狐火——？」

「我聽人說，應該是再過去那一帶，出現奇妙的火光——」

——那火嗎？

「那火的話——在閑寂野。」

「閑、閑寂野？那裡是——」

「沿著河下去一段路，在屋舍結束的地方，往右邊的小丘走上半町遠，越過小丘後，就是一

片什麼都沒有的荒野。就是那裡。啥都沒有。」

也沒有盡頭。

「是一塊荒地。」

「這、這樣啊。老闆娘也聽見古怪的傳聞了嗎？」

「傳聞——？唔，是有奇怪的火光亮起。」

妳看見了嗎！男子異樣興奮地說。

衣著整潔，但並非武士，以町人而言又有些奇妙，年紀亦看不出是年輕或是蒼老。操的不是上方口音，似乎是江戶人，但以江戶人來說，不甚瀟灑，也非行旅裝扮。

是個毫無特徵，不引人注意的人。

「喔，我聽說前晚似乎亮起數量驚人的狐火，規模極大，連相當遠的地方都能看見。我聽了實在按捺不住，心想這可是大事一樁，衝出客棧四處打聽。雖然許多人都說看到了、聽說了，但說到狐火是在哪兒？卻問不出個所以然來。有人說從天王寺一帶也看得到，但實在難以置信，連方位都不清不楚。因此我研究地圖，篤定就是這方向，挨家挨戶詢問，這兒是第二十家了。」

男子一口氣說到這裡，喘了一口氣。

「那麼，那裡是哪兒？」

等等，阿榮說。

「你是哪位？」

「啊。」

男子也許是累壞了，重新直起身子時，稍微踉蹌了一下。

「我、我是京橋的——啊，是江戶的京橋，我是江戶來的，住在京橋，名叫山岡百介。」

「江戶來的？」

「是，江戶來的。」

「專程從江戶跑到大坂來看狐火？那火的消息居然傳到那麼遠的地方去嗎？不不，我是前天看到的，再怎麼說，這未免傳得太快了。」

「不，不是這樣的。」

百介抓起手巾抹了抹額頭。

明明沒流半點汗。

天氣不熱也不冷。

「我、我是個戲作作家，是搖筆桿的——雖然尚未有作品出版，不過唔，呃，總之是做這行的，我行走諸國，打聽並蒐集怪談、奇談、珍談、巷談之類，加以記錄。不久前我都待在京都，打聽帷子辻路口處忽然出現又消失的腐屍傳聞——」

「那是什麼？」

百介雙頰有些潮紅地看著阿榮的臉說：「我看到囉。親眼看到了。」

「喔——」

老闆娘，客人嗎？掌櫃的出聲。

「是客人，不過是個怪客人，你不必忙了。」

阿榮打發說。

「你說你看到什麼？」

「就是，眼前突然冒出一具女屍來。」

「荒唐。」

是真的！百介以懇求的語氣說，繞到把臉撇向另一邊的阿榮面前。

「不久前則是——喏，攝津的大禍。代官所燒起來了。」

這件事阿榮也聽說了。

「我人就在現場。我在那裡目睹了天火。」

「天火？那是什麼？」

「是一種怪火吧。像這樣，圓圓的火球裡頭有著人臉。」

「人臉？」

這人瘋癲得厲害。也許最好別搭理。

「啊，老闆娘一定覺得我很怪——事實上我人或許有些怪，又沒用，不過呃，我神智清醒得很。」

我很喜歡妖怪，百介說。

「不過，嗯，見越入道、轆轤首（註11）什麼的，這類東西實際上不存在，我也不認為能見到這些東西。我巡迴諸國所遇到的，首先是聲音。聽見古怪的聲響、奇妙的人聲。像是明明沒人，河邊卻傳來洗豆子的聲響。前陣子我也在泉州聽到這樣的傳聞。然後，這是這兩三天聽說的，一群死於疫病的人，因為未受安葬，化為溝出，現身訴苦——」

「疫病？」

那不是林藏牽扯在內的事件之一嗎？

「是不是村子的庄屋死掉那件事？」

對對對，百介開心地說。

「啊，有人過世，我這樣的態度實在太不莊重呢。沒錯，似乎總共死了兩個人，庄屋和另一個在村中執掌大權的人，但仔細打聽，似乎也不是有什麼可怕的作祟，或是有妖怪出沒。只是傳出吟唱似的訴苦之聲，實際上看到類似亡魂的人，也只有一個。」

「那為什麼那個庄屋會——」

大概是為了別的理由，百介答道。

「人世間的事，是受到人世間的因由所左右，與陰間無關。」

「無關？」

大抵皆是如此，百介說。

「實際上並沒有發生任何不可思議之事。正所謂：天下無奇事。喏，不久前引發熱議的，淨瑠璃戲屋子後台夜晚發生的怪事，我對那件事也很感興趣，便向大夫等戲班人員詳加打聽，結果只是後台被搗亂，人偶損壞罷了，並沒有妖怪出來做什麼。不過這類事情很多時候，卻在最後給人帶來了禍害，極為神祕難測。以這個意義來說，天底下無奇不有。」

但——

「只有聲音的話，有可能是誤會，況且聲響本來就是人可以製造的，因此也許是惡作劇之類。不過說到火，狀況就不同了。」

「不同——？」

那淨瑠璃的怪事，不也跟林藏有關嗎？

「除了聲音的異象之外，第二多的便是怪火、怪光之類——就我蒐集到的異象來說啦。火和光異於聲音，不是人能夠製造出來的。啊，人可以生火，因此並非絕對辦不到，但需要熟練的技術與特殊的機關。因此火的異象，我認為是自然生成的。諸國都有極為奇妙的火光傳說，比方說呼喚就會飛來的怪火、以刀劈斬，就會愈來愈多的小右衛門火。」

這附近則有叫做姥火的，百介說。

「姥火的火焰當中有人臉——不，應該說看起來像人臉。不久前，攝州（註12）的代官所出

註11：轆轤首是日本妖怪之一，也叫飛頭蠻。有脖子異常延伸的，和頭部與身體分離飛行的兩種類型。

註12：攝州即攝津的別名。

現的天行坊火，裡頭真的有張臉，害得我都懷疑起自己是否眼花了。不過，一般人是不可能製造出這種東西的。」

他的眼睛。

都睜圓了。

至少那是打從心底樂在其中的表情。他沒有撒謊。那麼，他找上門來，應該不是懷著某些鬼胎。這人滿口愚不可及的瘋話，又說得喜孜孜的，就像個三歲娃兒。

「狐火呢，是像這樣一字排開地亮起，和鬼火之類的不同，不會有不規則的動作。沿著道路，對，就像燈籠隊伍般點點分布，所以才會被形容為狐狸提燈。狐喜歡舔油，可以用炸老鼠之類的釣到，所以狐應該就像貓一樣，也喜歡燈油，既然如此，一定也會喜歡燈籠的蠟燭——應該是這樣的聯想吧。」

「慢著。」阿榮制止。

「你的廢話要說到什麼時候？你到底想要說什麼？」

很稀罕啊，百介說。

「稀罕？什麼東西稀罕？」

「前晚的狐火。老闆娘說妳看到的——」

那火。

在閑寂野那片遙遙無際的荒野上，點點亮起的陰火。

數量不止十或二十。火光暈滲，因此無法計算數目——不，阿榮根本不想去數，但是在當時，只能說是無數的蒼白火焰同時燃燒起來。由於閑寂野漫無邊際，因此那數量真正形同無數。

不。

世上沒有無垠的荒野，必定有終點，只是看似無垠罷了。過去姑且不論，現在只要越過荒地，應該也有村落，也開了道路，能迂迴繞過。不過，從荒野的入口看不見道路或任何事物，只能望見遙遠的山脈，境界模糊不清。

看似——沒有境界。

實際上那只是一片荒地吧。

即便如此，閑寂野仍極為遼闊。那麼，那現象確實不是人力所能製造的。倘若有人在那裡點燈，那麼有多少燈火，就有多少人潛伏在荒野。

這是不可能的事。

「那火真的很不可思議。」

「老闆娘真的看到了？」

「我跟素昧平生的你撒謊做什麼？我騙你有啥好處？」

啊，太好了，百介說，笑逐顏開。

「這樣啊，老闆娘看到了。啊，沒事，原本我只盼能查出地點，然而不管向誰打聽，都不清楚的。然後這兒字號叫木津禰（註13），與狐同音，我心想或許能有斬獲——沒想到真的有人

親眼目睹了。」

我太走運了，百介說。是由衷高興。

「那——」

「那什麼？」

「可、可以呃，更詳細地——」

「更詳細地？」

「就、就是那火是如何出現、什麼顏色、怎麼個模樣、有多大、多少、是否會動、若是消失了，是怎麼消失的，這些細節——」

百介打開簿子，笨手笨腳地從矢立（註14）取出毛筆來，舔了舔筆尖。

「比方說，對，有沒有煙霧，或是聲音？」

「你啊，這麼連珠炮地問上一大串——」

「啊，抱、抱歉。」

忍不住興奮起來了，百介說，搔了搔頭。

「遇上這類事情，我就會失了分寸。來到大坂後，我也一直像這樣招人白眼。連出版商都笑我，說比起出版戲作，我更沉迷於這類妖怪傳聞。啊，抱歉抱歉，老闆娘——也要做生意呢，如果我打擾到妳，可以改日再來。啊，請老闆娘務必要告訴我詳情，所以呃，如果哪天比較方便，我可以那天再來。啊，雖然只能致贈薄禮——」

「不需要什麼禮啦——」

「我會去現場看看，然後在附近繼續問問。」

百介就要離開，阿榮留住他：

「喂，百介先生是嗎？如果你到處打聽這類事情——」

也許。

「呃，你也——特地去了那發生疫病的村子，還有那淨瑠璃的後台打聽嗎？」

「欸——」

是的，百介難為情地答道。

「那——你有沒有聽說一個叫林藏的人？」

「林藏先生嗎——？」

百介對這名字起了反應，轉過身子，盯著阿榮看。

「老闆娘說的林藏先生——是帳屋的林藏先生嗎？」

「你認識他？」

蒙中了。

註13：原文為「き津祢」，發音為「kistune」，與「狐」相同。

註14：日本古時的一種隨身筆筒，可收納毛筆及墨壺。

「對。嗯，他很關照我。我在京都悶得發慌，於是林藏先生帶著我四處見聞，告訴我各個地方的來歷掌故。然後，我們一起過來大坂這兒──」

「一起──」

「老闆娘是林藏先生的朋友？」

看起來不像在騙人。

那麼──就由我來騙。

「我在想，那會不會是以前打過交道的朋友。」

這不是謊話。

原來如此，百介點點頭。

「哎呀，坦白說，我初出茅廬，或者說只是個蹩腳作家，在江戶怎麼也熬不出頭。因為實在太不成樣子，江戶某個出版商看不下去，說他們雖然沒法幫我出書，但上方或許有希望，為我介紹了大坂的出版商。所以我才會傻傻地跑來了上方這兒──」

出版商。

「你說的出版商，難不成是一文字屋？」

「老闆娘知道？」百介又睜圓了眼睛。

這個人真的很容易吃驚。不過這回驚奇的反倒是阿榮。

「不──我不認識老闆，不過一文字屋很有名，應該是大坂數一數二的出版商吧。」

「就是啊。哎呀，那門面著實富麗堂皇，足足有江戶的書鋪子兩倍大。不過令人驚訝的是，那位一文字屋老闆居然肯收我寫的東西。他說也許不會立刻付梓出版，但還是以出版為前提，收下稿子，還付了我定銀。所以我登時歡天喜地，心想既然來了，就順道上京一趟好了，在京都賴了許久。我對神祕傳聞最難招架，四處打聽有無怪談奇聞，結果認識了林藏先生。」

「你說，你是在追尋那些神祕傳聞的時候認識他的？」

唔，是啊，百介說。

「是與帷子辻異事有關的人介紹給我的。」

一樣。

與發生在大坂一帶的怪事一樣。事件背後——必定有林藏的影子。

「那麼——」

「然後，一問之下，才知道原來林藏先生與一文字屋老闆交情也很不淺。」

「這是說，一文字屋老闆跟那個叫林藏的認識嗎？」

「對啊，他們認識。帳屋也會賣些紙品嘛，我想是這個關係，不過聽說他們認識多年了。真正是機緣湊巧呢。然後，我在京都四處觀光，忽然一下子不安起來了。」

「不安？為什麼？」

「噯，說來丟臉，我是沒了自信。我忍不住揣想，一文字屋老闆會不會只是出於同情買了我的稿，其實已經把它給扔了——唔，我的稿子曾經被江戶的出版商當成垃圾揉成一團，所以一文字屋老闆願意買我的稿，令我難以置信。一旦懷疑，便開始覺得肯定就是如此——我這麼說，林藏先生便提議既然如此，回大坂一趟問個清楚好了，還說他願意替我接個頭。」

錯不了。

林藏還活著，而且跟一文字屋有關。阿榮猜對了。又市告訴她的事，也是真的。

既然如此——

「喔，所以我這次回來大坂，是想要聽聽一文字屋老闆毫不保留的批評。」

這樣啊，阿榮心不在焉地搭腔。

百介接著以靦腆的動作搔了搔額頭：

「噯，結果一切都是我多心了。全是杞人憂天，一文字屋老闆給了我明確的批評和指教，要我修改，說定改好之後便付梓出版。」

百介笑容滿面。

他還很年輕吧。

「啊，看我，又廢話一堆。這些不重要。那麼，呃，我何時過來方便呢？」

「就現在吧。」阿榮這麼答。

「剛好也沒客人了，現在就一起去一趟閑寂野吧。在那裡說明，也比較容易明白吧？」

那太求之不得了，百介說。阿榮對著店裡招呼：我出去一趟，店就交給你了，然後穿過有些不知所措的百介旁邊，鑽進竹林包夾的小徑裡。

「這條路比河邊的近一點，只是沒那麼好走。」
「喔——」
「那，」阿榮想要先問個清楚。
「你是聽那位林藏先生說的嗎？」
「說什麼？」
「這些奇奇怪怪的傳聞啊。他是不是還告訴你別的？」
是啊，百介在後頭應著。
「他通曉世事，對任何事都知之甚詳，人面也很廣。嗯，他說了許多我喜歡的奇聞，像是狸子撿到順河流下的嬰兒養育的事、老人受桂男迷惑，與死人對話的事。啊，桂男是住在月亮上的仙人。」
對。果然沒錯。
傳聞是真的。
不過，那些都是胡說八道吧？阿榮故意反問。她是在套口風。
「什麼狸子養小孩，這太荒謬了。」
「不不不，這——也不全是胡編瞎說。我也見到那孩子了。是不是狸子養大的姑且不論，但是那孩子出生不久，就落水失蹤，都過了五個年頭，居然又平安歸來呢。呃，那是叫豆狸嗎？會出現在酒坊，就是那豆狸養大的——」

「豆狸？太可笑了。」

是靄船林藏幹的。是他誆騙了眾人。

可笑嗎？百介說。

「唔，或許可笑吧。我也並非全盤相信。不過，確實是發生過什麼事，而人們把它解釋為狸子的所做所為吧。所以若說滑稽，確實滑稽，但是對當事人來說，這都是明明白白的事實，而非謊言或假象。」

「也許吧，不過，」

阿榮用手撥開竹葉。

路益發難行了。

「不存在的東西就是不存在吧？什麼狸子作怪，那都是酒鬼和色鬼的籍口吧？不過，我自個兒也是船家木津禰的老闆娘，所以也算同類，沒資格笑狸子。」

「對了，字號為什麼會叫木津禰——狐呢？是有什麼典故嗎？」

這人好奇心也太重了。

「也沒什麼大不了的來歷。我是人家請的老闆娘。店在交給我之前，叫做木津屋。我在流落到這裡之前，自甘墮落，得了個不太光采的諢名叫野干。人家告訴我，野干就是狐，所以我便把店名給改了。不過也有人說野干不是狐，噯，都無所謂啦。」

又市說不是。

野干啊，百介說著。

「這個嘛，我聽說野干就是射干，是一種介於狐與狗之間的異國野獸。生性似乎極為凶猛，但本地沒有。」

好像吧，阿榮答道。

穿過竹叢後，已是小丘途中。這兒已經不是城鎮或村子，像是山路，什麼都沒有。走下小丘，便是一大片荒涼的土地，稀疏生長著看似枯萎的野草及矮木。

「噯，隨便啦。不過是個名字罷了。」

「這樣啊。喔——所以不是因為這一帶有許多狐狸棲息囉？這兒感覺像是會有狐狸出沒。」

「也許有狐吧，但我沒見過。」

「不過老闆娘看到狐火了。」

「那是——狐火嗎？」

從屍骸滲出的憾恨在燃燒——又市也這麼說過。

「確實有火在燒，但狐會點什麼火嗎？」

「我倒覺得比狸子養孩子更有可能。」百介說。

「也是。」

「傳說狐只要得到牛馬的骨頭，就可以幻化。骨頭含有磷分等等，或許就是它在發出陰火。在墓地燃燒就是鬼火，在路上亮起，就是狐火——我猜想或許是這麼回事。」

「那兒——」

閑寂野——

也許就像是一片墓地，阿榮說。

「聽說那兒有數不清的路倒旅人和馬的屍骸。」

「路倒嗎？」

「那兒和任何地方都不相通，也彷彿遙無盡頭——是一塊會讓人這麼感覺的地方。當然只是心理作用。所以若是誤闖，會覺得永遠走不出去，陷入有如墮入無間地獄般可怕、虛渺的心境，失去希望，路倒此地。我是這麼聽說的。」

就是這樣一個地方。

原來如此啊，百介的聲音傳來。

「就是這些屍骨在燃燒——這也不無可能呢。乾濕、冷暖等等，各種條件吻合時，大自然便偶爾會展現出超越智識的現象。雷電就是個好例子，我認為狐火亦屬此類。不過，當人們看見這類不似單純現象的現象時，便會依自己的觀感去重新解釋它。因為若不給它一個說法，就會惶惶不安。就是有趣在這兒。」

「有趣？」

「啊，我認為有趣啦。智慧、習俗、道德、信仰，這些指引人們生活的種種、還有人們的心境、營生本身——」

就是妖怪，百介說。

「因此，這類坊間謂之不可思議的神祕事件，不是將它視為胡言亂語，而是加以採集、琢磨，即是理解人、理解此世——這是我狹隘的見解。雖然很不知天高地厚啦。」

「怪物有那麼好嗎？」

怪物——

非當它不存在，否則日子也過不下去了。

倘若有怪物。

我自己就是怪物——阿榮想。她覺得一旦把自己視做怪物，就再也無力遏阻了。自己心中，確實有個骯髒汙穢凶狠駭人的怪物。儘管有，她卻視若無睹。惟有視若無睹，她才活得下去。

怪物是壞東西吧？阿榮不看百介地說。

「是的，是壞東西，亦是可悲、難過、空虛、醜陋、沒道理的東西。正因為如此，人們才會將它假托在無聊、荒誕、不可能、滑稽的事物上頭，將它從自己當中驅逐出去。」

「驅逐出去——？」

「妖怪就像鏡子。心中有愧，連枯芒草亦會看成幽靈。內心疑懼，舊傘也會對你吐舌頭。所以了，」

我認為逗人發噱才是剛剛好，百介說。

「狐弄人，狸耍人——我覺得這樣子剛剛好。太悲傷的話，會教人承受不了。況且，」

人世原本就充滿悲傷。

這。

阿榮也有同感。

儘管荒涼，但小丘上仍樹木茂密。走下小丘後，泥土乾燥，連草綠都顯得黯淡。

即使在白晝望去，境界依舊曖昧。看不到邊際，究竟是何道理？

「這裡就是閑寂野。」

哦！百介出聲，超過阿榮走到前面。

「應該——很寬闊吧。」

果然，他也看不出來嗎？

「不，我覺得應該沒有多大，可是怎麼也看不出大小對吧？我也只是從這裡眺望，只下去過一次。走入其中，真的教人覺得遙無邊際。」

「喔，應該是有傾斜吧。確實，看不出另一邊的盡頭在哪，兩側也瞧不出草原延伸至何處——」

百介以手遮額，瞭望荒地。

「不過這也夠寬闊了。大概不只一兩反，應該有一町（註15）以上吧。」

一町非常大。也許這裡比阿榮以為的還要大。

不過，相較於想像中無垠的荒野，實在是小到不行。不，一旦有了界限，瞬間便渺小到連比較都沒有意義。果然——或許一切都只是阿榮的一廂情願。世上不可能有無垠的荒野。

這整片原野都亮起火光嗎？百介問。

「是啊——嗯，星星點點，一整片吧。間隔應該差不多，約是三、四間寬，也許更密集。」

「那些火光——是同時亮起嗎？」

「我不記得是什麼時候冒出來的。不過應該不是一點一點，慢慢亮起來的。」

那也許不是狐火，百介說。

「或許還是死人火。老闆娘是在這裡看到的？」

「對。當時我在這裡——」

他會問我在這裡做什麼嗎？

當時阿榮和又市——

「對了，那位林藏先生——」

是個怎樣的人？阿榮先發制人地問。

「林藏先生嗎？哦，他十分博學，又很健談，人又親切——精神體力都很不錯。健步如飛，身子骨非常硬朗。」

「硬朗——什麼意思？林藏——」

註15：反為日本舊時面積單位，一反約近十公畝。町同樣為日本舊時面積單位，亦稱「町步」，一町為十反，約為一百公畝。

應該和阿榮同齡。那。

「林藏先生是位老人家啊。」

「老、老人家——」

「他看上去已經快七十了，嗯，歲數應該有我兩倍以上吧。啊，難道老闆娘的舊識年紀沒這麼大？」

「七、七十？」

胡扯。

「這怎麼——」

那應該是別人囉，百介說。

枯草沙沙作響。

【肆】

也許是因為雨天，沒客人上門，也無事可做，阿榮心想打烊算了，才剛起身，一文字屋那窩囊的掌櫃便登門了。

兩天前，山岡百介來訪木津礪；而阿榮拜訪一文字屋，已是五天前的事了。掌櫃沒有自報姓名，沉默不語，但從他的態度和體形，阿榮一眼便認出他來了。

掌櫃頭上的斗笠壓得極低，身上披著簑衣，站在門口。

全身的水滴閃閃發亮。

他默默遞出一封油紙包裹的信。來人既一語不發，阿榮也不必答話。阿榮沉默地收了信，就這樣關了門，頂上頂門棍。

店裡的夥計早已打發回去。只剩阿榮一個人。或者說，那掌櫃就是算準了這時機上門吧。

解開束繩，打開油紙包，攤開信紙。

——所託之事，皆已辦妥。

——今夜子時，請勞步閑寂野見證。

文末是個圈起的「一」字。

意思是——辦好了？真的嗎？阿榮一時難以置信。那個放龜辰造不可能輕易被人幹掉。辰造的手下超過五十人，至於聽令於他的人，更是不下一二百人。他還雇了好幾個保鑣，將自己保護得萬無一失。就連奉行所和代官所都拿他沒轍，任他為非作歹。

殺人，以某個意義來說很容易——

仁藏這麼說過。

不，阿榮不知道一文字屋有多大的能耐，但至少在這大坂，要取放龜辰造的命，絕非易事。並非不可能，法子總是有的，所以她也才會委託。但不管怎麼想，應該都不是四、五天就能辦成的差事。

是虛張聲勢？

還是謊言？

總不會是與辰造聯手了？

一文字狸與放龜在背地裡勾結——

又市似乎曾經這麼懷疑。若是如此，阿榮的處境就危險了。倘若阿榮買凶殺他的事被辰造得知——她大概也要沒命。這樣下去，阿榮自身難保。但。

她人好端端的。

——她這麼覺得。

十六年前，一文字屋差遣林藏，想要設局陷害辰造。在當時，仁藏確實將辰造視為敵人。計謀失敗，此後一直到現在，仁藏都沒有要對辰造出手的樣子。

但會不會在阿榮離開大坂的十年間，雙方達成了和解？

不——這不可能。

辰造沒有發現仁藏曾經坑害他的樣子。在又市提起之前，阿榮亦未曾想過。她一直以為那是林藏一個人的主意，辰造應該也作此想。仁藏亦不可能打草驚蛇，沒事去向渾然無覺的敵人道歉。

事件後，知道仁藏算盤的林藏和又市都消失無蹤。瞭解實情的人，只剩下仁藏的手下。

那麼，仁藏會不會利用沒有半個知情者，隱瞞這一切，親近辰造，與他聯手？

這——也不可能吧。

若是這樣，阿榮應該會知道一文字屋的地下行當。就她猜測，辰造應該到現在都還不知道仁藏的另一張臉孔。只能這麼推想了。阿榮什麼也沒聽說，人家也沒理由瞞她。

細想這一節，一文字屋仁藏或許是個不尋常的大人物。因為這表示這十六年來，他完全不被勢力如此龐大的辰造一黨察覺，擴大地盤，持續暗中活躍。

那麼。

這封信上寫的是真的嗎？

辰造——死了嗎？

不會是圈套吧？

阿榮聆聽著雨聲與河流潺潺聲，左右尋思著。誰會上當？從來只有我騙人的份，沒有我受騙的理。管他是誰，我絕不任人算計。縱然我再落魄，好歹也是野干阿榮。倘若真像又市所說，野干不是連熊和狼亦照吃不誤的凶猛野獸嗎？

雨聲緩了下來，嘩嘩音色只剩下河水聲。

是她熟悉的聲音，她聽得出來。

是雨停了。

抬頭一看，土間已經暗了。她起身要點亮方紙罩燈，忽然門板傳來激烈捶打聲。

『老闆娘！不，大姊！』

聲音刻意壓低，卻驚慌走調。

是先打發回去的掌櫃彌太。怎麼？你忘了東西嗎？阿縈說著，取下頂門棍。

棍子一取下，門板便猛地敞開來。

「大、大姊！」

彌太渾身泥濘，肩膀上下起伏喘氣。應該是從雨中一路奔來。

外頭已經一片微暗，彌太的身影黑得像團影子。

「怎麼了？慌成這樣。」

「這教人怎麼不慌！聽著，大姊妳聽好，頭兒他人不見了！」

「頭兒？不見了？什麼意思？」

就這意思啊，彌太走進土間，癱軟似地坐了下來。

「頭兒——不見了。」

「這豈不奇怪？他不是總是帶著大批隨從嗎？」

「所以才教人想不透啊。」

「哪有什麼想不透的。」

「我知道大姊不願相信，我自個兒也無法相信。但是就在剛才，大鳥大哥臉色大變地跑來我這兒，說頭兒不見了，問我知不知道頭兒在哪？今天有沒有來木津禰？」

「他又沒來。」

「我也這麼回他。而且頭兒這陣子都沒來這裡。」

「他是——什麼時候不見的？」

好像是今天中午過後，彌太回答。

「大白天的？那些下人眼睛都長哪去了？出了什麼事？」

「不知道，簡直就像被狐狸給耍了。」

「狐狸？」

耍人的才不是狐狸。

是我。

「慌也沒用。想想叔公的個性，管他躲去哪兒，八成都在跟窯姐兒廝混。就算你無頭蒼蠅似地跑得渾身泥巴，又有甚用？」

「但如果頭兒有個什麼萬一——」

「還有大鳥阿寅，和櫓伍兵衛啊。再說——」

「對，所以大姊才重要啊。萬一連大姊都——」

「我沒事。好了，把你那張髒兮兮的臉抹乾淨，快走吧。告訴大鳥跟櫓，叫他們不必擔心我。可千萬別多事。」

「多事——？」

「多事就是多事。叫你們別派人盯著我，看了礙眼，更千萬別派什麼保鏢過來，反倒惹人注意。不必管我。」

「大姊一個人行嗎？」

「當然行。你是怎麼搞的？這點小事，就把你慌成這副德行，像什麼樣子？一群大男人，沒一個長腦袋嗎？總之，在確定頭兒是否安好前，誰都不許靠近這裡。你也不必來了，店暫時不開了。」

「要把店關了嗎？」

哪來的客人？阿榮罵道。

「哪來的生意？頭兒都不在了，生意暫時也甭做了。這店有沒有開都沒差。一確定頭兒的生死，馬上過來通知。」

快去，阿榮說，遞出手巾。彌太接過手巾，神情欲泣，抹掉臉上的泥汙，說著「那我回去了」，站了起來。

「大姊真的可以嗎？」

「就說沒事了，少在那裡婆婆媽媽。」

阿榮把彌太推出去，關上門，再次頂上頂門棍。

「不管誰說什麼，都不許過來。這可是野干阿榮的命令！」

阿榮從門內怒斥，接著在上木板地的木檻處坐下。

土間已經黑成一片。

不想點燈了。

一片黑也好。要點的話——就點狐火。

「贏了。」

阿榮笑了。

「我——贏了。」

淡淡的微笑徐徐擴大，阿榮放聲大笑起來。她被自己的笑聲振奮，笑得更加放肆。她捶打木檻大笑著。自從阿妙死後，她從來沒有像這樣笑過。那麼，這是相隔了十六年的大笑。

阿榮笑了一陣，回過神來。

還不能安心。

這狀況無非顯示了一文字屋仁藏絕非尋常人物。不能輕忽大意。在親眼看到確證前，不能鬆懈。不，之後也。

永遠都。

然後。

林藏——

百介認識的林藏，不是那個林藏。

換言之，現在為一文字屋工作的林藏，與阿榮知道的靄船林藏不是同一個人——可能不是同一個人。那麼。

林藏。
已經死了嗎？
不在人世了嗎？
既然如此。
既然如此，那也是沒法子的事。戀戀不捨，有愧野干阿縈的名號。況且她原本就認為再也見不到林藏了。
這十六年來。
她一直死了這條心，事到如今希望破滅，也不算什麼。
死了就算了。夠了。
若是還活著——
就會把他——帶來嗎？
阿縈從懷裡取出那封信，再看了一遍。四下太暗，已無法辨認文字。
所託之事，皆已辦妥——
剛才看到時，上頭是這麼寫的。不，就是這麼寫的。現在雖然看不到，但就是這個內容。
既然說皆已辦妥。
那就是辦妥了吧。換言之，表示他們也找到了林藏不是嗎？那麼林藏就還活著。即便這數年之間，以大坂為中心發生的怪事背後的是別的林藏。

那個林藏也仍活在某處，是這個意思吧。

那麼。

阿榮把信揉成一團。

接著點燃方紙罩燈，順帶在泥土地上把信給燒了。信紙一燒即燃，化成狐火般色澤的火焰，一眨眼便燃燒殆盡，只剩下少許紙灰堆在地上。

光景如夢似幻。

浮現在黑暗的火焰暈滲、蠕動，前所未見地妖豔、美麗。白煙裊裊升起，扭曲、翻轉、淡去、消失。阿榮踩踏剩餘的灰燼，像要抹入泥土中，接著進屋內換了衣服。

沒有意義。

她只是想褪下不會有顧客上門的船家受雇老闆娘身分。

我——

是野干阿榮。

她想吃點什麼，卻怎麼也提不起那個勁。連自己都分不出是心神不屬，還是心定意定。在夜緩慢流淌的過程中，阿榮只是全心全意地捱過這夜，等候著時辰。

大約四刻半多的時候，阿榮站了起來。

不能晚了。往閑寂野的路途難行，即使得繞點遠路，最好還是循著河邊的路過去。阿榮熄掉紙罩燈，點起燈籠，離開木津禰。

聽著河水聲前進。

閑寂野——

為什麼是閑寂野？

為何一文字屋要指定在那裡碰頭？阿榮總算想到這一點上頭。先前她毫無疑問地接受了。選在閑寂野——有什麼意義、或有什麼非閑寂野不可的理由嗎？

這麼說來。

又市也在閑寂野等她。

換言之，只是挑了個離木津禰不遠、又無人的偏僻處罷了嗎？

應該是的。那兒什麼都沒有。沒有樹木，也沒有生物，甚至沒有盡頭。所以沒有人會去。因為沒有人會去，所似才選在那裡吧。是最適合見不得光的人們聚首之處。只是這樣罷了吧。

昏暗。

一片漆黑。

純然的黝黑。

夜空閃爍著繁多星子，然而不知何故，不見月亮。也許是被移動的烏雲遮蔽了。無雲的夜空一片澄澈，但星光微弱，照不到大地。所以才黑。在這片堅毅的黑暗中亮起的，至多只有狐火。

狐火的話，豈不正適合阿榮？

不對。

是死人火——
不久前上門的男子，百介是這麼說的嗎？
就算是死人火，又有何妨？管它是狐火還是鬼火，都是一樣。
阿榮提著燈籠，繞過小丘，
來到了閑寂野。
這裡是一片漆黑大海。
燈籠的火光比星光更無力。儘管就在手上，卻無依得令人心驚。是夜過於巨大了。不能被吞沒了。我怎麼可能讓夜給吞沒？阿榮心中的黑暗可要更更深沉。
我才不會輸。
雨後的土地吸飽了水，分外柔軟，好似覆蓋地面已死的草木皆吸取了水分，重又復活。
來得太早嗎？
沒有人影。不，只是看不見嗎？
阿榮高舉燈籠，大大地轉了一圈。
驀地，黑暗的一部分扭曲了。那裡浮現某些無法分辨的形狀。起初阿榮不明白那是什麼。眼睛不熟悉黑暗。
似乎是舉著火炬的人影。
影子有三個。由於遠近感全打亂了，抓不準距離。而且連地面都看不見，感覺有如飄浮在半

空中。

是一個龐然巨影、中型影子，以及一個極小的黑影。

「恭候大駕已久。」

小影子說。嗓音柔和。

「勞駕，請下來這兒。」

阿榮被招去似地步下荒野。腳下一滑。燈籠火光搖曳，照出一團爛糊糊的不曉得什麼東西。

地不好走，請當心腳步，同一個聲音說。

有東西沙沙掠過小腿。

是枯草吧。阿榮來到了荒野。

一陣風拂過。

阿榮完全捏不準三個影子站立的位置，是荒地的哪一帶。這裡果然沒有盡頭。沒有盡頭，就沒有中心或邊緣。那麼不管站在何處，都是一樣。

影子總算化為人形。

阿榮用燈籠照得更清楚。

小影子是老人。

「我是一文字屋的使者，帳屋林藏。」

「林——」

林藏。是個老人。皺巴巴、小不點的老人。不是那個林藏。那麼，這個老人就是百介說的林藏吧。

「您所託之事——已經辦妥。一般我們不會如此涉險，但因體察阿榮小姐的怨恨極深，故想除非讓您親眼見到，否則難消您心頭之恨。所以才特請您在如此時刻，來到如此荒僻之處。」

畢竟，總不能送到府上去，自稱林藏的老人說。

「你們——要我看什麼？」

「是，在這兒。」

自稱林藏的老人將火炬轉向一旁的巨漢。

從底下被照亮的巨漢，也許因為沒有可供比較之物，顯得龐大無比。

男子是一名異相的僧侶。就宛如將大津繪（註16）上的鬼給放大一般。若傳說故事裡的武藏坊弁慶（註17）在世，一定就生得這副模樣。巨漢右手拿著錫杖般的東西，揹了個像竹籠的大行囊。看起來像木桶。

「他不是鬼，名叫玉泉坊，喏，因為塊頭這麼大，所以都讓他幹些粗活。」

這東西可不輕，老人說，對巨漢下了某些指示。巨漢一聲不吭，將背上的行囊放到地面。果

註16：大津繪是江戶時代知名的大津市名產，一種民俗繪畫，主題多為佛教題材，其中「寒念佛鬼」的鬼怪畫特別有名。

註17：武藏坊弁慶是平安末期的僧兵，為武將源義經的部下。在後世各種作品中被描寫成一個怪力無雙的勇猛將兵。

然是酒桶之類。

「這就是說好的東西，請您驗個貨。」

「說好的——東西？」

不對。

這不是酒桶，是棺桶（註18）。

玉泉坊以粗壯的指頭捏住固定棺桶蓋的雙腳釘，輕易便拔了起來，取下蓋子。

阿榮踏過濡濕的枯草，靠近棺桶。

舉起燈籠探頭看去。

「嚇！」

不行。不能慌。

阿榮憋住倒抽的氣，慢慢地望向棺中。

「辰——辰造。」

收在棺中的，是放龜辰造。不，是曾經是放龜辰造的物體。

脖子折斷扭曲，臉轉向不可能的方向，一眼可知早已斷氣。不是假死，也不是假的東西。這千真萬確，是辰造的屍體。是慘遭殺害的放龜辰造的——屍骸。

我們殺了他，老頭子說。

「如您所願，取了他的性命。您怎麼了？阿榮小姐，這可是您要求的。我們依照您的要求，殺了放龜辰造。您仔細瞧，這就是您恨之入骨的辰造，殺死令妹的辰造。他已經死了。喔，倘若這樣您還不滿意，隨您怎麼處置都行。不管是要罵要打、千刀萬剮，都隨您的意，只要您能消氣就好。他已經——」

不會還手了，老頭子說。

「因為人已經死了。」

「你們真的殺了他？」

「咦？難道不成嗎？人死，可無法復生了。」

「不——幹得好。我是——」

我是太開心了，阿榮說。

「這樣。不過我看您臉色似乎不太好，是光線的關係嗎？」

「這、這是當然，在這樣的地方，突然看到一具死屍，任誰都——」

「沒什麼好怕的。就是具死屍罷了。」

「我、我不怕，可是——對，我不是懷疑一文字屋先生的本事，卻也沒想到居然這麼快就能解決——這樣罷了。」

「這，」

註18：日本從鎌倉時代開始，一般皆使用桶狀的棺木，死者以蹲坐姿勢置於其中。

是一樁，老頭子說。

「您無可如何的心願了結了。」

太教人咋舌了。

居然如此輕易便除掉了那個辰造，即便是阿榮，亦萬萬料想不到。她原以為會發生某些幫派衝突，否則就是需要一段時日，再不然就是——

再次鎩羽。

「呃，那——」

阿榮將目光從屍骸身上移開。

「殺了這個人，要多少錢？」

「咱們沒有殺人的價碼，只有委託的價碼。您委託的內容，不只這樁。」

「對，但是——」

另一個委託，是——

「還得——將靄船林藏帶來給您。」

「我、我說的林藏可不是你。你好像也叫林藏，但我拜託的是——」

我明白，老頭子說。

「老夫是林藏，但不是您說的林藏。這我比誰都要清楚。我是個臭老頭，而且不認識令妹，跟這位辰造亦無關係。令妹的未婚夫林藏——」

已經死了，另一個林藏說。

「這樣啊。」

阿榮早有預期。

「而且早在十六年前便死了。似乎是自盡。也許是追隨令妹去了，或是自認逃不過辰造的毒手，據說逃至丹後（註19）一帶，投海自盡了。」

投海嗎？

總比上吊好。

一乾二淨，什麼都不留。這才像他的作風。

「我——明白了。我是聽到你的傳聞，誤以為那已死的林藏還活著。既然被我搞錯的你都說他死了，那——」

已經夠了。

這樣就好了。即便沒能帶來林藏，只要辰造死了——

「我該支付多少？我知道不便宜，但既然你們達成了，不管多少銀兩我都會付。即使金額我付不起，也不會討價還價。」

「所以說，」

註19：丹後為日本古時行政區名，為現今京都府北部。

事情還沒完啊，老頭子說。

「還沒完？」

「您不是要求把林藏帶來給您嗎？」

「是這樣沒錯，所以——所以你不是來了嗎？林藏先生。然後你不是說，我希望你們帶來的林藏已經死了嗎？」

「是啊。」

「那就結了啊。辰造已經死在那兒了。」

「還沒結束，阿榮小姐。」

「還能怎麼樣？人不是死了嗎？束手無策了啊。無可如何了。」

「令這無可如何之事遂心如意——」

就是咱們的工作啊，老頭子說。

「咦——」

什麼意思？

小老頭將火炬轉向另一名男子。

那是個筋骨分明、臉色極糟的男子。脖子上掛著繞了兩圈的念珠。

「這位是六道屋柳次，您是否——聽說過他的名號？」

沒聽過。阿榮搖了搖頭。

「此人為六道路口的念佛踊（註20）者。只要這傢伙念誦一聲，在六道路口迷失徘徊的亡者皆會忘形狂舞，重返現世。簡而言之，便是招魂、降靈之術。不過——」

他的本領可是沒話說，老頭子說。

「那種事——有誰會信？」

「妳不信？」柳次冷笑。

「每個人——起初都這麼說。」

「可、可笑。我可沒那麼好騙。什麼降靈，那種東西，不就是假裝死人，胡謅一通罷了嗎？聽到那種胡言亂語，會安心的只有老糊塗跟鄉巴佬。我本來還在佩服一文字屋名不虛傳——沒想到我看走眼了，這根本是鬧劇一場！」

是嗎？老頭子說。

「難道不是嗎？再者，我說的是要死掉的林藏贖罪。就算降靈，是要怎麼贖罪？光是嘴上賠不是，那可算不上贖罪。」

「不是降靈。」

柳次說。

註20：念佛踊是一種日本傳統表演藝術，一邊誦經一邊舞蹈。據傳始於平安時代的空也上人，於鎌倉時代由上遍上人傳播開來。

「這是六道念佛踊。我能——令亡者舞蹈。」

「所、所以說——」

如何？——老頭子問。

「既然答應了您的委託，我們總得設法達成。這樣下去，有損一文字屋的名聲——有始無終，也不能收您的錢。可否讓亡者舞蹈？」

「要是辦得到——」

就試試看啊！阿榮說。

「好。那麼我這就開始。」

柳次說著，抓起脖子上的念珠串，開始一顆顆撥弄起來。同時自稱帳屋林藏的老人和玉泉坊彎下身子。阿榮蹙起眉頭，往後退去。瞬間。

轟，阿榮背後噴出一團蒼白的火焰。

「什麼？」

轟、轟、轟。

她閃開去。

火。一團又一團的火。火光亮了起來。是狐火。和那晚一樣，無數的狐火。不，這是。

「是死人燃起的憾恨之火。」

「死——死人火？」

火和光——

不是人能夠製造出來的——

應該吧。這不是人力所能辦到的。陰火一眨眼增加，閑寂野充滿了死人的火焰。亮得——宛如白晝。

不，其實仍是一片漆黑。夜黑並未被驅逐，毋寧益發濃重了。

好白。到處都是白色。這——

不是現實。

「阿榮姊。」

「誰、是誰——！」

不知何處傳來聲音。

阿榮轉了一圈。不知不覺間，老頭、巨漢，連詭異的祈禱師都不見蹤影。四下被妖異的火光、不祥的黑暗所覆蓋。

「阿榮姊，是我，靄船，賣削掛的——林藏。」

「什麼？想騙我，可沒那麼容易。我——」

可是野干阿榮。

「騙妳？——我騙妳什麼呢？」

正後方。

阿榮回頭一看。

那裡。

她舉起燈籠。憑藉著死人的火光，本來看得見的都看不見了。

「林——林藏。」

林藏在那裡。似乎渾身濕透了。就像當頭被潑了盆水。

「你、你這不是還活著嗎！」

阿榮說著，

扔下燈籠，緊緊地偎在了林藏身上。

「什麼嘛，這太荒唐了，一夥人串通起來騙我。你這不就活得好端端的嗎？什麼殉情，什麼投海，我比誰都清楚，你才不是會做那種事的人。你也太見外了，既然回來了，怎麼不來找我？既然活著，為什麼——」

「我已經死了。」

「還說這種傻話。死人怎麼可能站在這兒？那麼我摸到的又是誰？」

光滑細長的面龐。修長的眼睛。薄唇。和以前一樣。一點兒沒變。

「當然沒變。」

因為我已經死了。

「你鬧夠了沒？如果你還在擔心十六年前的事，喏，現在可以放心了。辰造已經死了。來，去看看那棺桶。辰造像隻雞似地，被擰斷脖子死掉了。沒有人會追殺你了，放心吧。」

「嗯，這我知道。」

因為辰造也過來這邊了。

「是阿榮姊殺了他嗎？」

「殺了他的是一文字屋。不是我也不是你，可以放心了。」

叔公已經死了。

「他留了字據給我。聽著，林藏，放龜辰造就只有我一個親人。只有他的姪孫女我，是死在那兒的男人的親屬。辰造那個人不相信手下。不，他連親人都不信。不過我另當別論。」

「另當——別論？」

「對。辰造答應過我，還寫了一紙字據，說如果他有什麼三長兩短，一切身家財產，全都歸我。你看看，他這不就死了嗎？這麼一來，辰造的財產、屋子、放龜一黨的地盤，全都是我的了。即便是手下，也不能有異論。往後，野干阿榮就是老大了。所以——你跟我——」

跟我一起。

「共同掌理這一大家子吧。我說林藏——」

我從好久以前。

就一直對你。

為了你。

為了想得到你。

「阿榮姊。」

「什麼?怎麼了?」

「辰造確實是個冷酷的人，也不信任親人。但這樣的辰造，怎麼會相信阿榮姊一個人?辰造可是殺了妳親妹妹阿妙的仇人啊。」

「怎麼，林藏，你還不信?你可以放一百個心。辰造相信我，因為我做了足堪他信任的事。再說，那都不重要了。辰造已經死了。」

「不行的。」

我也死了啊。

「還在說!唬人也要有個限度。難道你就窩囊到這種地步?都看到屍體了，還在怕他?還是你在懷疑我?」

「阿榮姊。」

妳到底做了什麼?

「辰造居然相信妳，甚至留下字據給妳，我實在難以置信。妳只是個賣飾品的、是個正派的小姑娘，但辰造是個惡徒。他可是把自己的姪孫女像個螻蟻般一刀劈死的傢伙啊!」

「哼，都過了十六年，你還對阿妙念念不忘?」

我恨。

恨死了恨透了。
「你想知道，我就告訴你。你聽著，林藏，十六年前，把你的圈套洩漏給辰造的，」
就是我。
「你想利用阿妙接近辰造，揭穿他檯面下的惡事——這些我都聽阿妙說了。那個阿妙啊，」
是個傻子。
「阿妙說什麼她無法原諒叔公辰造的所做所為。明知道自己就是靠著辰造施捨活到今天、就是有辰造在背後支撐，咱們姊妹倆才能勉強溫飽，而她居然有臉說那種話？人生在世，哪可能冰清玉潔？吃飯要錢，穿衣服也要錢。弱者要求生，管它是泥巴還是什麼都得吞下去。沒法子道貌岸然，纖塵不沾地活下去。所以——」
「所以妳向叔公告密了？」
另一個方向傳來聲音。
阿榮轉身。
「所以妳把我——」
出賣給叔公了？
「姊。」
「阿——」
阿妙。

阿妙浮現在死人的火焰中。

「阿、阿妙？騙、騙人，這不可能！妳已經死了，妳十六年前就已經死了！」

「對。就像這樣，被惡狠狠地砍了一刀。好痛啊，姊。」

阿妙，

從肩膀被斜砍了一刀。

「我沒想到會一上門就挨刀。我和林藏哥被帶進裡頭，一起來到叔公面前，還沒開口，刀子已經下來了。」

就在叔公面前。

「我整個人都糊塗了，完全不懂是怎麼一回事，所以——」

我迷失了，姊。

「迷、迷失？」

「對。我在六道路口，不知道該何去何從——」

一直在那裡徘徊。

「阿榮姊，我一直以為是我害的。阿妙會死，無法超生，全都是我害的。我的確是打算對放龜辰造設下圈套。因為接到的委託說，辰造是個拿錢殺人的惡徒，絕對不能放過。」

「一文字屋接到的委託嗎？」

「對。但是毫無證據。一文字屋不會無憑無據對人動手。沒有確證，便束手無策。再者，殺了辰造，也不能保證放龜一黨便會就此安分。所以需要證據。於是仁藏大爺心生一計，認為只要委託辰造殺他就行了。我接到的差事，就是去委託辰造刺殺一文字屋仁藏。」

「委託別人刺殺自己——」

「只要對方動手，就是最好的證據。但這時候我猶豫了。目標不是別人，而是阿妙的——我相許終生的姑娘的叔公。瞞著她行事——我覺得不妥。我煩惱極了，但最後還是告訴了阿妙。」

這不是行家該有的行為，林藏說。

「當時的我，是個乳臭未乾的小毛頭。檯面下的工作，就算是對親兄弟也得三緘其口。即便如此，對於阿妙，唯獨對阿妙，我不想瞞她。所以我告訴了她。我太傻了，是個無可救藥的傻子。可是——」

阿妙她——諒解了。

「我無法原諒叔公。一方面也是因為我相信林藏哥，但叔公居然做那種謀財害命的勾當，我無論如何都無法原諒。姊說我是被那錢養大、靠著那錢過活的，但就是這點更令我無法忍受。一想到我賴以溫飽的，居然是用人血換來的髒錢，我實在是無地自容。」

所以。

「阿妙說她要去。辰造是個疑心病很重的人，極為謹慎，不會輕易上當。但我想若是自己的親人，應該不會劈頭就懷疑——」

我錯了，林藏說。

「應該還有許多方法的。答應阿妙這麼做，是我錯了。」

我本來這麼以為。

不，這仍是事實。

依然是涉險。我不該將阿妙牽扯進這種事的。

可是，可是我怎麼也沒想到，辰造居然會對自己的姪孫女阿妙。

冷不妨便大刀伺候——

好痛啊，姊。

我被一刀砍死了。

「廢、廢話，怎麼可能不砍？我早就通報叔公了。叔公做的是殺人的買賣，誰敢刺探他行當的祕密，即便是親人，也非殺不可。連親兄弟也照樣收拾不誤，這才叫行家，不是嗎？」

為什麼。

為什麼妳要告密，姊？

比起我這個妹妹，叔公對妳更重要嗎？

「沒錯，叔公更重要。這還用說嗎？阿妙，妳啊，是個累贅，辰造是棵搖錢樹，這連掂量都不必。妳以為我為了養妳，吃了多少苦？叔公對我們幫助有多大？」

可是。

那麼。

為什麼姊不阻止我？

跟我說一聲，叫我別做那種傻事，不就好了？

「妳說得倒容易。就算我制止妳，妳會罷休嗎？妳被林藏迷得神魂顛倒，哪可能因為妳姊一句話就回心轉意？比起辛辛苦苦拉拔妳長大的親姊說的話，妳寧願聽林藏的，我說的不對嗎？」

是啊。

因為我喜歡林藏哥。是真心喜歡他。

我也是。我也喜歡阿妙。所以我才悲痛欲絕，萬念俱灰，追隨妳去了。

「林——林藏，你——」

真的死了嗎？

「你就那麼喜歡阿妙，甚至陪著她去死？」

對。

所以。

我才會像這樣迷惘徘徊啊。

「那你要迷惘到何時才甘休？你——」

就對我的心。

連你。連你也。

「我啊，阿妙，我拿妳的命，換來了辰造的信任。我出賣妳，換到了繼承辰造的字據。妳知道為什麼嗎？阿妙，姊啊，姊恨死妳了！因為我——」

我也。

「喜歡林藏。一片心都在他身上，為他瘋狂。林藏，你一定不知道吧？你的眼裡總是只有阿妙。我們只見過那麼幾次，即使碰面，也說不上什麼話，但是我——」

我是真心喜歡你。

「所以。」

「所以妳讓辰造殺了自己的妹妹——是嗎？」

「誰？還有誰在這裡？」

是亡者嗎？這片被死人火包圍的荒野上，

全是死人。

「御行奉為——」

孤火。

倏地全消失了。

無間地獄化為一片無垠的黑，宛如鄉間野台戲的戲幕落下。

「我讓死人歸去了，阿榮小姐。」
「你、你是——」
鈴，搖動三鈷鈴的聲響。
「又——又市嗎？」
這——是圈套嗎？
「真是糟糕呢，原來親妹妹就是情敵啊。當時妳打的如意算盤，就是讓辰造宰了礙事的阿妙。」
「你在哪？」
給我出來！阿榮大叫。
我在這兒，又市說。看不見。
「不過，妳失手了呢，阿榮小姐。」
在哪？完全看不見。丟開的燈籠也熄了。
「原來失手的不是林藏，而是——妳。」
「我才沒有失手，阿妙不就死了嗎！」
如同計畫被殺了。如同阿榮的計策，那可恨的妹妹——
「可是——」
又市的聲音在黑暗中響起。

「妳最想要的林藏，也隨著阿妙赴死了。妳這部分的算盤落空了。再說，妳還料錯了一件事。」

「什麼事？」

妳不是傷心極了嗎？又市的聲音說。

「傷心？」

「阿妙死去，傷心的不只林藏一個人。妳亦悲痛不已，我說的不對嗎？阿榮小姐。儘管下手的不是妳，但害死親妹妹的就是妳。妳因為承受不了這樣的痛，才會離開大坂這塊傷心地，不是嗎？」

如何？

「妳很悲傷吧？很難過吧？失悔不已吧？」

「我怎麼可能——」

倏地。

黑暗中浮現林藏的身影。

到底是不是？阿榮姊。

這兒，妳可得細細斟酌。

殺了親妹妹，妳是否多少有那麼一絲悔恨？或者。

或者，妳連心都成了野干？

怎麼樣？阿榮姊。
妳傷心嗎？
還是無動於衷？
我才——
「你別再鬧了，林藏，你都已經死了吧？既然如此，就少在那兒插嘴！死人別來管活人的閒事。死了就完了。死了就輸了。死人根本無足輕重。我壓根兒一點都不後悔。阿妙是個傻子，林藏，你也是個傻子。我啊，已經繼承放龜一黨了。這下我天不怕地不怕了。接下來只要收拾一文字屋就行了。我知道下手的就是一文字屋，這回由我——」
「這樣啊。」
原來妳是這個居心，林藏說。
「什麼？」
這時。
火光再次亮起。
然而亮起的既非狐火，亦非死人火。
在數把火炬的光中浮現的——是自稱林藏的小老頭，以及叫玉泉坊的巨漢僧、祈禱師柳次、盛裝辰造屍首的棺桶。
以及。

一襲白衣的又市。
已死的阿妙。
已死的林藏。
「這下可教人為難了，阿榮小姐。」
低沉、穩重的嗓音響起。
「你、你們這是做什麼？」
「我應該說過，若妳撒謊，事情就難辦了。」
燈籠上有個圈起的「一」字。現身的是一文字屋仁藏。
「若委託人所言有假，我們將索求相應的報償——我應該如此提醒過妳了。」
「你、你坑陷我！」
「這話反了吧？」
仁藏從黑暗彼方悠然現身，佇足在棺桶旁。
「我聽信了妳的話，像這樣——取走了辰造先生的性命。」
仁藏將燈籠插上棺桶邊緣。
看了看裡面。
「已經死去的，無從復生。無可挽回了。咱們做的生意最重信用，撕破了嘴也不能說是搞錯了。這——只好請妳自個兒擔下來了。」

「擔下來？擔下什麼？」
「罪行。」
老頭消失了。
巨漢、接著是祈禱師消失了。
又市消失了，死去的阿妙消失了，不知不覺間，仁藏也消失了。
僅餘被燈籠照亮的棺桶。辰造的屍體。一旁。
只有林藏一個人。
「這、這都是唬人的嗎？你果然還活著吧？喂，林藏——」
「沒錯。我還活著。不過。」
妳。
「我——」
「真的，這樣就好了吧？」
林藏留下這話。
無聲無息地消失了。
閑寂野的中央——只剩下棺桶和阿榮。
僅有插在棺桶上的燈籠蠟燭滋滋燃燒。
仰頭望去，星辰閃爍。這種東西，什麼都無法照亮。

一切都是夢。
我是神智錯亂了。一定是的。
阿榮踩過依舊潮濕的草地，探頭看棺桶。
辰造，
死了。
「這不是夢嗎？」
不，是夢。阿妙早在十六年前就死了。如果不是夢。
為什麼她連句「對不起」都說不出口？
其實。
「阿妙——！」
阿榮扯開嗓子。在無人的荒野，一個人大聲呼喊。
「阿妙，姊害死了妳。因為我恨妳。就算如今再向妳道歉，說什麼都沒用了，所以我不道歉，可是——」
我好寂寞。
「再讓姊、再讓姊——」
看看妳的臉啊！
阿榮的聲音被無垠的夜吞沒消失。大夥都走光了，這豈不是太教人寂寞了？

她再次望向脖子扭斷的辰造。

「叔公——」

死了就輸了。

我才不認輸。已經無法回頭了。

阿榮卯足全力推倒棺桶。辰造一半的屍首滾出荒地。燈籠掉落塌扁，燒了起來。

「看！我把辰造殺了！這傢伙是我們的叔公、我們的恩人，可殺了妳的、痛下殺手的就是這傢伙！不管怎麼樣，他都是妳的、阿妙妳的仇人。所以我替妳殺了他。已經沒什麼好怕的了。我已經幹掉他了。這下我啊——」

大姊，此話當真？聲音響起。

閑寂野的邊緣。沙沙腳步聲。背後有人的聲息。為數眾多。

「大姊，這是怎麼一回事？」

「你、你是大鳥——」

「喂，阿榮大姊，妳剛才說的是真的嗎？」

「就算妳是頭兒的親人，咱們也不能放過。」

「你、你們在說些什麼？我可是辰造的繼承人。倒是你們，你們怎麼會跑來這種地方——」

如此，金比羅終焉矣——

遠方，傳來林藏的聲音。

【後】

「為了這無聊的差事，居然如此勞師動眾——」

林藏眺望著朝靄氤氳的閑寂野。

「看你——又說那種賣人情似的話，阿又。」

「你也真是學不乖吶，姓林的。都多少年了，還在說那種話。哪有什麼賣不賣人情的？這可是——工作啊。」

御行又市說，踹了一腳燈籠的灰燼，接著說：

「後來，阿妙被丟棄在這片荒野呢。」

「對，阿榮丟的。管它是骨頭還是什麼，全都不剩了。」

「就算剩下，也分不出來了。人骨跟馬骨，全混在一塊兒了。連骨散相亦不可追憶。已經十六年了呢。不過——」

看到熟人死去，還是不好受吶，又市說。

「小股潛也會說這種動聽話？阿又，你才是一點兒都沒變。就算外表變了，你還是從前那個一看到人死，就哇哇大哭的你嘛——」

噯——雖說這次的事，我也一樣難受。

林藏在心裡頭說著。

他背向阿榮的屍首。

野干阿榮遭辰造的手下亂刀砍死了。

屍首被塞進搬出辰造屍身後的棺桶。阿榮應該會就此在這塊荒地腐朽。在這片丟棄親妹妹屍首的閑寂野。

「阿又，你十六年前就在懷疑阿榮了嗎？」

「是啊。那怎麼想都太蹊蹺了。不管你再怎麼鈍，除非有內奸，否則不可能落得那麼難看的下場。再說，那些追兵也太窮追不捨，不管怎麼逃、怎麼躲，都緊咬不放。然而卻沒聽說一文字狸遭到追殺。」

實際上，幕後黑手是一文字屋一事似乎並未曝光。

「噯，所以老狸子也才會跟我們撇清關係。對辰造來說，十六年前的圈套，是咱們兩個計畫出來的。換言之，唯一的可能，是某個不知道老狸子，只認識咱們兩個的人——」

又市望向有些扁塌的棺桶。

「背叛了咱們。」

「是啊。」

林藏。

也並非從未想過。

但。

你這個風流小生也真是作孽啊，又市說。

「我偏要說。告訴你，就算是這樣，阿妙會死——依舊是你害的啊，林藏。」

「別說了。」

「我知道。」

「話雖這麼說，阿又，這個叫阿榮的女人——還是只能說是自作自受。」

自稱林藏的老人——實為祭文語文作。

「這個阿榮實在了不得，居然敢登門找上一文字屋，甚至委託殺害辰造，就連老夫亦料想不到。」

「她不是壞女人。」

對。

其實不是。

御行又市曾是林藏的搭檔，渾號小股潛的小惡徒。他巡迴各地，靠一張嘴皮子混世，是林藏的同類。一文字屋仁藏也對他寄予莫大的信賴。

早先，一文字屋接下帷子辻怪事的委託，特地大老遠召來了又市。同一時期，林藏得去長崎

辦別的差事。後來，又市攬下仁藏的委託，解決泉州的麻煩事，來到大坂準備布局。

結果。

竟在這裡碰見了阿榮。

而且——遇到她的地點太糟了。阿榮成了放龜辰造據點之一的船家木津禰的老闆娘。又市頓時悟出了一切。

「但她會暫時離開大坂，仍是因為妹妹的事令她傷心吧。」

解下阿妙扮裝的橫川阿龍喃喃說。

「雖然嘴上不肯承認。」

少在那兒瞎同情了，六道屋柳次接話道。

「只會讓餘味更糟。不管再怎麼懊悔，這女人終究還是巴結辰造，混入他們一黨。跑路之前，還不忘要辰造寫下字據給她。也許那只是離開大坂暫避風頭罷了。」

人心難測啊，又市說。

林藏也這麼想。

「不過，阿榮確實想要吃掉那老狸子，認為恩人叔公辰造礙事，也是不爭的事實。為了繼承幫派，不惜買凶殺人，她啊，是人心不足蛇吞象。這下場沒法子的事。你聽好了，林藏，」

又市多嘴地說。

「就像文作老爺子講的，這女人會喪命，可不是你害的。是阿榮作繭自縛，自尋死路。跟

十六年前的事無關。」

喲，一陣子不見，你怎麼變得這麼體貼啦，又市？柳次打諢道。

「這女人是因為知道姓林的還活著，才會冒出這些鬼主意來吧。過去一直悶不吭聲，卻突然四處活動起來，那麼，這豈不都是因為這風流浪子盛名遠播之故嗎？」

別這樣，柳兄，阿龍說。

讓他說。他說的沒錯。

「喂，姓林的，你的名聲是不是打得太響了些啦？」

「是啊。」

在大坂待得太久了。

文作安撫地說：

「噯，這次也是剛好有人委託除掉辰造，真正是機緣湊巧，就當成是主的旨意吧。」

「什麼叫主的旨意？」

「伴天連（註21）都這麼講啊。再說，辰造作惡多端，甚至教人納悶這十六年來怎麼都無人委託除掉此害？對吧？阿林？」

沒錯。

一文字屋放任辰造，純粹是因為無人委託。一文字屋並非束手無策，也非吃過一次虧就怕了。

一文字屋仁藏做這地下行當，不是為了替天行道，而是當成生意經營。沒有人委託，自然不會出手。即便有個再怎麼毒辣的惡棍，都與生意無關。不過，一旦接到委託，不論對手如何難纏，亦會行動。只是這樣罷了。

至於十六年前——

十六年前的事怎麼樣了？阿龍問。

「阿林失敗了，然後呢？」

「老狸子好好收拾妥當了。對吧，六道？」

是啊，柳次應道。

「是我想方設法，圓滿解決了。」

「這樣喔？可是我不太明白呢。」

「那不是殺人這類危險的委託。是有個遭辰造勒索的大商家，委託一文字屋取回恐嚇的把柄。所以林藏才會去調查辰造，結果連其他惡事也一併揭發了。揭發也就罷了，他居然告訴了阿妙。」

你真是個混帳東西，又市說。

又市說的沒錯，林藏想。

註21：伴天連指江戶時代的西洋傳教士，源自葡萄牙語「padre」。

「愛上你的女人，一個接著一個走了。你也學著點教訓啊。」
「我知道教訓了。」
已經夠了。
「相對的，這次的委託，是要洗刷冤屈。委託人是一對可憐的父母，三名年幼的兒女都慘遭殺害。這教人再也無法坐視不見了。既然老大答應下來，那就是買賣。老夫和玉泉坊從早先便已暗中行動。這時——闖進了這個阿榮。所以一文字老大並非接受阿榮的委託，才收拾辰造的。因為這阿榮的事，阿又似乎早就仔仔細細告訴過老大了。」
「一文字狸這回本來好像想把你給調開呢，林藏。」
「要他多事。」
自己的爛攤子，我自己會收拾——林藏本來想這麼說，但還是閉口了。
「交給我辦的話，兩三下就了結了。就是因為想把我除外，才搞得這麼大費周章。看，勞師動眾的。」
別逞強啦，柳次說。
「我可忘不了你那張化上死人妝的臉。還有——看到阿龍喬扮的阿妙姑娘時的表情。」
真是對不起啊，阿龍說。
「只要吩咐，我什麼都能扮——但作夢也想不到這回扮的是阿林死去的未婚妻。」
對不起啊，阿林，阿龍別開臉去。

「你看了一定很難受。」
「沒事啦。這才是——」
工作。
即便是工作——即便是假的，仍好似再次見到了她。
所以，沒什麼不好。
「倒是阿又，那個阿榮居然就這麼信了我就是林藏。明明在各處傳出風聲的林藏，喏，就像這樣，是個年輕的白淨小生呢。」
「哼。不讓這傢伙死掉，阿榮也不可能吐實。無論如何，都得要傳聞中的林藏不是這傢伙。用你這個皺巴巴的髒老頭兒冒充，正適合不過。」
「是這樣沒錯，不過阿榮明明是個心機極深的女人，怎麼這麼容易就信了？」文作納悶。
喔，這我已經預先布置了一番，又市說。
「哦，難不成——」
是百介先生？文作說。
「百介？那位山岡先生嗎？你連他都利用了嗎？阿又。」林藏說。
山岡百介是個初出茅廬的戲作作家。林藏從長崎回來後，在京都遇見百介，帶他在洛中四處遊覽，並應他要求，帶他來大坂。百介和文作似乎也是舊識。
「他那個人很有意思呢。你又騙人家、利用人家啦？」

「我才沒騙他。我好好告訴他緣由了。沒辦法，他那個人不會撒謊。我只是拜託他，倘若有人問起林藏，就說林藏是個一腳踩在棺材裡的糟老頭。」

「哼。你還是老樣子，嘴皮子刁鑽，差遣人不手軟吶，阿又。」

「你少說兩句吧，老爺子。話說回來——柳次的六道踊，排場愈來愈誇張啦。我看這是——」

那個小右衛門的作風吧？又市說，望向山丘。

山丘下，五輪塔旁，站著一名打火裝束的偉岸男子。

是御燈小右衛門。

小右衛門是一文字屋的座上賓，不僅是個技藝非凡的傀儡師，亦擅長運用火藥。先前覆蓋這整片原野的狐火，全是小右衛門布置的火藥機關。

小右衛門旁邊站著玉泉坊和仁藏。

「不過，只為了解決一隻母狐狸，居然傾巢而出嗎？」

「沒錯，傾巢而出。」

我是希望保她一命的，又市說。

「我說過許多次，收拾辰造，和阿榮的委託是兩回事。阿榮那傢伙確實隱瞞了我們，但那都是從前的事了，林藏。再說，她有許多機會可以坦承一切。倘若最初碰上我時，她肯說出來，我也不打算對她設局。即便不加理會，事情亦自然會有個了結。她應該也沒必要對一文字屋撒謊。

假如她肯坦白說出害死妹妹的就是她、如果林藏還在人世，她想賠個罪，事情這樣就結了。然而阿榮卻說了完全相反的話，甚至委託殺死辰造。」

「沒錯。如果她看到老夫這張老臉，有那麼一瞬間認為林藏已死，應該也還來得及說出口。但她還是不說。」

「是啊。看到六道踊中成了亡者的你，以為她總算要吐露真言了，沒想到還是嘴硬到底。莫說賠罪了，半點愧疚之情也無，反倒理直氣壯起來了。」

「就連看到我——看到她妹妹，她還是——」阿龍說。

是啊。

阿榮就是這樣一個女人。

「直到最後一刻——她都貫徹野干阿榮的作風。阿榮是個剛強的女人。不過我們拋下她之後，她不是說了什麼嗎？大聲喊著。」

「是啊。」

真是個可悲的女人。

一定是太寂寞了。

「她應該早早丟掉野干這種諢名的。野干似乎也叫野狐，據說野狐是狐裡頭地位最低、最卑賤的狐。這種名號，算得上哪門子驕傲？打著這種沒啥好得意的名號逞強稱能，才會落得這種下場。」

你要祭弔她嗎?文作問。

「這樣曝屍荒野太可憐了。若要把她葬在哪兒，我叫玉泉坊給你揹去。」

「不。」

這樣就好，林藏說。

「這樣就好嗎?」

「就這兒好。這裡——」

阿妙也在這裡安息。

姊妹倆在一處比較好。

這樣她也不會寂寞。

在另一個世界慢慢賠罪就行了。

阿妙一定會原諒姊姊的。畢竟她是個溫柔的好姑娘。

在這裡腐朽吧。我也會陪著，一塊兒在此腐朽。

朝陽射了進來。

四下一轉眼全亮了。

沒什麼大不了的。

在陽光底下一看，原本不祥的閑寂野——

亦只是一片荒原。

光是有棺桶，就好過其他屍骸了，阿榮。
居然看上我，妳也真是傻。我這種人渣什麼地方好了？
「那，」
走吧，又市說。
「總不能老杵在這兒。喂，林藏，你——」
沒事吧？又市說。
別小看我了。
「噯，或許也差不多是時候該歇手了。在一個地方待太久了。我——」
要離開大坂。
旭日東升，怪物要退場了。
林藏凝視著射入的朝陽。
瞇起眼睛。
晨光有些太刺眼了。
我一個人過去那邊！靄船林藏丟下這話，身子一轉，頭也不回地朝著無涯的荒野盡頭奔馳而去。如此，
金比羅終焉矣。
那麼，後會有期。

【主要參考文獻】

絵本百物語　桃山人　金花堂／一八四一年
旅と伝説　岩崎美術社／一九七六〜一九七八年
日本庶民生活史料集成　三一書房／一九六八〜一九八四年
叢書江戸文庫　高田衛・原道生責任編輯　国書刊行会／一九八七〜二〇〇二年
燕石十種　岩本活東子編　森銑三・野間光辰・朝倉治彦監修　中央公論社／一九八〇〜一九八二年
未刊随筆百種　三田村鳶魚編　中央公論社／一九七六〜一九七八年
日本随筆大成　日本随筆大成編輯部編　吉川弘文館／一九七五〜一九七九年
耳嚢　根岸鎮衛著・長谷川強校注　岩波文庫／一九九一年
国史大辞典　国史大辞典編集委員会編　吉川弘文館／一九七九〜一九九七年
新日本古典文学大系　岩波書店／一九八九〜二〇〇三年
新潮日本古典集成　新潮社／一九七六〜一九八八年
浄瑠璃作品要説（一〜八）　国立劇場芸能調査室／一九八一〜一九九九年
桃山人夜話　絵本百物語　竹原春泉　角川文庫／二〇〇六年

國家圖書館出版品預行編目資料

西巷說百物語 / 京極夏彥作；王華懋譯 . -- 初版 .
-- 臺北市：臺灣角川，2018.12
冊； 公分 . --（文學放映所；88-89）

譯自：西巷説百物語
ISBN 978-986-473-853-3（上冊：平裝）. --
ISBN 978-986-473-854-0（下冊：平裝）

861.57　　106012297

西巷說百物語〈下〉

原著名＊西巷說百物語

作　　者＊京極夏彥
譯　　者＊王華懋

2018 年 12 月 24 日　初版第 1 刷發行

發 行 人＊岩崎剛人
總 經 理＊楊淑媄
資深總監＊許嘉鴻
總 編 輯＊呂慧君
主　　編＊李維莉
設計指導＊陳晞叡
印　　務＊李明修（主任）、黎宇凡、潘尚琪

台灣角川

發 行 所＊台灣角川股份有限公司
地　　址＊105 台北市光復北路 11 巷 44 號 5 樓
電　　話＊（02）2747-2433
傳　　真＊（02）2747-2558
網　　址＊http://www.kadokawa.com.tw
劃撥帳戶＊台灣角川股份有限公司
劃撥帳號＊ 19487412
法律顧問＊有澤法律事務所
製　　版＊尚騰印刷事業有限公司
I S B N＊978-986-473-854-0

香港代理＊香港角川有限公司
地　　址＊香港新界葵涌興芳路 223 號新都會廣場第 2 座 17 樓 1701-02A 室
電　　話＊（852）3653-2888